黄岳年　主编

甘州书声

——《张掖阅读》文章荟萃

国家图书馆出版社

图书在版编目（CIP）数据

甘州书声：《张掖阅读》文章荟萃 / 黄岳年主编. -- 北京：国家图书馆出版社，2016.8

ISBN 978-7-5013-5890-8

Ⅰ.①甘… Ⅱ.①黄… Ⅲ.①散文集－中国－当代②书评－中国－现代－选集 Ⅳ.①I267②G236

中国版本图书馆CIP数据核字（2016）第152235号

书　　名	甘州书声——《张掖阅读》文章荟萃
著　　者	黄岳年　主编
责任编辑	张珂卿
装帧设计	九雅工作室
出　　版	国家图书馆出版社（100034　北京市西城区文津街7号） （原书目文献出版社　北京图书馆出版社）
发　　行	010-66114536　66126153　66151313　66175620 　66121706（传真）　66126156（门市部）
E-mail	nlcpress@nlc.cn（邮购）
Website	www.nlcpress.com→投稿中心
经　　销	新华书店
印　　装	河北三河弘翰印务有限公司
版　　次	2016年8月第1版　2016年8月第1次印刷
开　　本	710×1000（毫米）　1/16
印　　张	14
字　　数	190千字
书　　号	ISBN 978-7-5013-5890-8
定　　价	39.00元

让"金张掖"插上书香的翅膀（代序）

徐 雁*

随着江苏、湖北、深圳等省市陆续出台推进全民阅读的"条例"或"办法"，国家层面上的《全民阅读促进条例》和《全民阅读中长期规划（2015—2020年）》也将呼之欲出。这意味着，我国社会在"世界读书日"（4月23日）、"孔子诞辰日"（9月28日）等节点举办的各种全民阅读推广活动，也将建树起新的里程碑，形成推动建设"书香中国"，培育全民族"读书人口"，倡导"读书好，读好书，善读书"的共识和合力，共同建设"阅读社会"的新常态。

人贵有读书成才之志，知书才能明理达礼，进而建立尊贵的德行，奉公而守法。阅读，尤其是读好书佳作和名著经典，是人类求知开智之渊、鉴真审美之窍、修身养性之本。正是阅读，为人类开创了一个可持续、加速度发展着的文明社会，让世界各地的人们对于更加美好的未来，充满着心理上的期待和行动上的追求。

联合国教科文组织向全世界发出的"走向阅读社会"的呼吁，让"人人有书读，人人能读书"成为世界更美好的文教愿景之一。1995年开始设立的"世界读书日"，唤起了全球各国对读书和版权保护的重视。全民阅读推广的丰富社会实践，呼唤着阅读社会的进一步发展。

---

* 作者为《张掖阅读》主编。

他山之石，可以攻玉。为纪念联合国教科文组织设立"世界读书日"二十周年，呼应我国全民阅读工程的全面转型升级，传播阅读文化的价值观和方法论，推广和交流海内外读书活动经验，在不同层面为书香社会提供精神导引和活动指南，我们创办了《张掖阅读》。

往昔甘泉地，今日金张掖。古称"甘州"的张掖，是全国历史文化名城和中国优秀旅游城市。众多文化遗存、文明结晶，是这里曾经辉煌、岁月流金的历史见证。而大自然的鬼斧神工，更让张掖拥有了"世界地质公园"的美誉。如今，张掖又迎来了国家"一带一路"战略实施和"丝绸之路经济带甘肃黄金段"，以及华夏文明传承创新示范区建设等等的现实机遇。

物质文明与精神文明的发展，离不开知识的芬芳、书香的覆盖。如果说赠人以书，手有余香的话，那么导人读书，其善则莫此为大焉。图书馆作为传承文明、传播科学文化知识的中心，唱响"读书好"的主旋律，正是为了夯实社会经济发展的台基。为此我们创办本报，倡导全民阅读，培育读书种子。我们期待社会各界有识之士的支持，竭诚欢迎各种文体的书香美文，以及有关张掖文化和地方文献的随笔，能够在这个平台上刊登发表。

携手五湖四海读书人，营造阅读文化大气场，推进全民阅读工程的新进度，是本报义不容辞的时代担当。而让"金张掖"就此插上书香的翅膀，融入全民阅读的大合唱，为中华民族的伟大复兴增添"文化软实力"，既是我们办报的初衷，更是我们不懈的追求！

2015年4月

目 录

第三辑　书　缘

第四辑　书　林

甘州书声

第一辑　书　香

新春吉祥事，常到图书馆

南　方

2015年，是联合国教科文组织设立"世界读书日"二十周年。

1972年，联合国教科文组织向全世界发出"走向阅读社会"的召唤，要求社会成员人人读书，图书成为生活的必需品，读书成为每个人日常生活不可或缺的一部分。1995年，"世界读书日"的设立，对人类阅读和进步的推动是有利的。"世界读书日"主旨是："希望散居在全球各地的人们，无论你是年老还是年轻，无论你是贫穷还是富有，无论你是患病还是健康，都能享受阅读带来的乐趣，都能尊重和感谢为人类文明做出巨大贡献的文学、文化、科学思想大师们，都能保护知识产权。"

通过推动阅读来推动图书馆事业，通过推动图书馆事业进而推动社会进步，推动文明进步，这是当代图书馆人深怀胸中的一个梦想。

2015年，中国图书馆事业的峰巅，是广州中国图书馆学会年会的召开。年会有两个报告引人注目，一个是广州市市长陈建华在开幕式上所做的题为《发展图书馆事业　聚集社会推动力》的报告，一个是上海图书馆馆长吴建中在闭幕式上所做的题为《三十年后的图书馆》的报告。两个报告在新形势下谈清楚了一些事。

陈建华先生说，图书馆是人类文明的结晶、知识的宝库。人类社会每一次跃进，人类文明每一次升华，都有图书馆发展的身影。图书馆对于人类社会的贡献，不仅仅是对文史资料的记录保存，更是人类增长知识、开发智力、传递信息、拓展视野的重要课堂，是推动社会进步不可或缺的力量源泉。可以说，世界图书馆发展史折射的就是一部人类社会的进步史。随着人类社会的不断进步，图书馆已经越来越成为一个国家、一座城市的重要标志。它是城市的"文化客厅"、读者的"公共课堂"，是一所没有围墙、没有门槛、没有学制限制的"编外大学"。就一座城市而言，图书馆体现的不只是城市的文化符号，更代表了这座城市的文化力量和精神特质。

吴建中先生以为，图书馆不是提供几本书、几个阅览室就可以了。而是要提供信息交流的环境，创造信息关联的条件，创新信息参考的工具。图书馆应该是一个学习和交流的空间。我们要与社会（读者）共建图书馆，向社会（读者）开放资源、开放数据，与社会（读者）共建资源、共建格式，与社会（读者）共享资源、开放互动。我们要建设的第三代图书馆，是以知识交流为核心的图书馆。

在新的时代，图书馆正在以新的姿态迎接着大家的到来。

道理是清楚的。问题是，您有多久没来图书馆了？您可以不来，但至少，您得让孩子来，来图书馆，走近图书，爱上阅读。

新春吉祥事，常到图书馆。常到图书馆的人，是有福的人。大手带小手，小手拉大手，带着孩子常到图书馆的家庭，是一个幸福的、有希望的家庭。

阅读是件喜悦的事情

王林涛

常常为了读几页书，而要提前半小时醒来。纸页上的油墨味儿，好似有提神醒脑的功效，总在瞬间，就能让我从半迷糊状态一下子迈过愣怔。其实，前一夜睡得并不早，不过也是受了那些入心的文字诱惑罢了。舍不得放下书本，却又不得不放下，于是一夜都睡得不是很踏实。那些与我毫不相干的人物或者场景总在心头挥之不去，真是"才下眉头，却上心头"。有时候读到妙处，怎么也不能就此释手，一页、两页……越看越精彩，妙语连珠，高潮迭起，悬念不断，就这样一次次"放纵"着自己。等眼皮实在沉得抬不起来时，才发现天边已现出鱼肚白了，不远处的大街上传来了清洁工的扫帚声。楼下野猫此起彼伏的叫声，也稀稀落落的了。

常常会为了书中的一段文字，而在女儿面前食言，前几天就答应她，要陪她去上街的。可是，一不小心，看到朋友在读一位自己很喜欢的作家的书，遂借来先睹为快。根据十几年的经验，她也知道，妈妈只要一看书，就会"六亲不认的"。在和阅读的屡次鏖战中，女儿无奈地成了我排行第二的最爱。此时，她纵有三十六计也会在我面前失效的，于是乎，在适应妈妈的癖好时，女儿也喜欢上了阅读。

常常把读书的地点搬到床上，床头放着喜欢的小吃和一杯茶，最重要的还必须有一支笔。看到好词好句，就随手划出来，然后慢慢细品。有时，看到一些精彩的段落，我们也会一起分享那些珠玑之言。即使邻家电视里的欢声笑语，透过窗户传了进来；即使朋友邀约去新开的酒店吃饭，推杯换盏，但是只要有好书，有自己喜欢的文字，那一切都不能让我移情别恋。

喜欢读书，尤其是自己最钟爱的那几个作家的文章。在清晨的霞光中，坐在阳台上的茶几旁，欣赏一篇上好的文字，就着一杯热牛奶和一个面包，或者一个煎蛋和一杯热豆浆下肚，整个大脑和肚腹都有一种踏实的充实感。遇到优美的片段、朗朗上口的语句，我就声情并茂地朗读出来。不期然的也提高了我的朗诵水平，真是事半功倍，一举两得！那种身心舒泰的感觉，那种开心愉悦的心情，你又怎能体会！是的，"一日之计在于晨"，清晨的惬意，可以让我一整天都释放充足的能量，用饱满的精神状态投入到一天的工作中去。

读书，未必就要姿势正确地端坐在书桌上。窝在沙发，靠在床头，这是我最喜欢的阅读姿态，那是我最享受的静谧时光。常常会和书中的人物共悲喜，同患难，会被书中的情节所感染。哭着、笑着、心力憔悴着……才发现，阅读时的时间过得好快，不留意就是几个小时匆匆从指间溜走了。

古人云："行万里路，破万卷书。"人生的过程无非就是学习和思考。要么在行走，要么在读书，在行走中思考和历练，在阅读中让思想游弋和飞跃。在人生得意时，静心读书会让你冷静而低调；在人生失意时，读书会让你自信而平和。"书籍是横跨时间大海的航船"。是的，上下五千年的故事仿佛就在眼前。时间书写历史的风云变幻，铁马金戈浩浩荡荡，文人墨客各领风骚……因为阅读，让你了解了你所未知的另一个世界；因为阅读，也让你对人生有了不一样的认知和看法。

　　阅读，是一件愉悦的事情，犹如花香扑鼻，犹如醇酒在侧，会让你满心的喜悦。用眼、鼻、口、舌和耳所有的感官去享受，全身心投入地去感受这份美妙！

读书要趁早

胡永晖

在所有关于读书的比喻中，我很喜欢这句话："少而好学，如日出之阳；壮而好学，如日中之光；老而好学，如秉烛之明。"这句话出自西汉刘向的《说苑·建本》，虽是寓意少年当努力读书，莫贻老大徒伤悲之憾，但也诠释了一个人随着年龄的增加，体力渐衰，记忆渐减的事实。所谓千月不如一日，万烛不如一月，不知不觉中，我们忽然就老了，所以读书还是要趁早啊。

记得我们年轻时背诵唐诗宋词，三四遍就能背熟，现在人到中年的我虽仍旧喜欢古诗词，但只有对特别感兴趣的才能背下，而且不久即忘，再也达不到曾经的滚瓜烂熟了。这种情况在我的学生们身上表现得也很明显：90%以上的高中生能将小学、初中学过的古诗词非常流利的背出来，但进入高中，老师要求背诵的古诗文则绝大多数背不会。即便硬背下了，一离开学校又会统统还给老师。

科学表明，培养孩子的读书兴趣，越早开始效果越好。犹太人家族便爱书如命。在每个犹太人家里，当孩子稍微懂事时，母亲就会在《圣经》上滴几滴蜂蜜，然后叫孩子去吻《圣经》上的蜂蜜。这种仪式的意思不言而喻：书本是甜的。父母要让孩子从小就懂得，读书是一件甜蜜而快乐的事情，以此唤起孩子对书，对文字的兴趣。当今的以色列以每年人均读书64册的骄人业绩而雄踞世界各国人均读书榜的榜首，而我们中国的年人均读书量则区区不到五本，实在令人汗颜啊！

很多人都知道，犹太人是世界上最聪明的一个民族，不管是经商，还是从事科学研究，成功人士的比例都极高。经过科学测试，犹太人平均智商达到115以上，远高于其他民族。犹太人人口虽仅有1600万人，占比全球人口不到0.25%，但是却获得了全球27%的诺贝尔奖。诺贝尔奖获得概率远高于其他各个民族，概率是全球平均水平的108倍。爱因斯坦、马克思、冯·诺依曼等闪耀历史的天才都出自这人数不多的民族。犹太人这个被称为世界上最聪明的民族，之所以优秀，这与他们热爱读书、热爱知识的优良传统有密切关系。

历史上中华民族也曾经是最爱读书的民族，"耕读传家"是我们的一贯的祖训，但今天的国人却普遍不愿意读书，从而导致我们创新乏力。在国际上，我们真正能拿得出手的高精尖科技成果极少，许多核心科技——如飞机的发动机、电脑软件等都受制于人。现在，满世界似乎都是"中国制造"的产品，但属于"中国创造"的又有多少呢？

有人曾经对被评选为"全国十佳少年"的孩子们进行调查，发现这些孩子在阅读方面的能力明显高于普通孩子；也有人曾经对一些成功人士进行采访，发现这些人在总结成功经验的时候都提到，读书让他们受益匪浅……毋庸讳言，读书的好处是实实在在、显而易见的。

一个人要想学而有成，一个重要的法宝就是让读书成为生活习惯。家长如果从小就培养孩子爱读书、读好书的习惯，就一定能使孩子远离肤浅、受益终身。青少年不可能在学校里学习到成年以后所需的一切知识和技能，因此，学校教育必须为一个人终身学习奠定稳固的知识基础，而阅读能力就是一个人终身学习的基础和最大的本钱。

读书最可贵的是坚持，无论处于哪个年龄段我们都应孜孜不倦地读书。对于青少年而言，年轻时的读书更是无比宝贵、无可替代的。据调查，一个人阅读兴趣培养的最佳时间是八至十四岁，大凡在此期间喜欢读书的人终身都爱阅读；反之，则终身可能都不爱读书！

一个人年轻的时候，记忆力好、接受力强，如果能抓紧时间多读一些有质量、有硬度的经典书籍，给自己的人生涂上一层鲜艳的底色，那么我们未来的人生就会从容很多，优雅很多，精致很多。在知识经济大行其道的今天，一个人不读书就要受到命运的惩罚，一个民族不读书则要受到历史的惩罚，甚至被时代淘汰出局。所以，我们必须要养成读书的习惯，使读书不仅成为我们生活中每天必修的功课，而且还要使其成为我们的生活方式，生活态度。

阅读，悦读

王跃农

"最是书香能致远，腹有诗书气自华"。关于读书的言论可以拉出很长很长的单子，可谓见仁见智。因人们所处的时代、环境、位置不同，因人们的心境、学识、修养、性格、兴趣、追求有异，人们对"读书"的解读和诠释也千差万别。有人爱书如命，有人畏书如虎。有人认为读书苦不堪言，有人认为读书乐在其中。有人为名利而读书，有人为生存而读书，有人为娱乐而读书，有人为装潢门面而读书，有人为解疑释惑而读书……我更倾向于为快乐而读书，为享受而读书，权且称之为"悦读"。

读书的过程其实就是一个享受快乐的过程。提到阅读，我们会很自然得想到犹太人，他们热爱阅读举世闻名。他们年人均阅读量高达64本，稳居世界第一。犹太人的孩子出生不久后，母亲就会读《圣经》给孩子听，每读一段都会让孩子舔一下蜂蜜。孩子稍大一点时，便将蜂蜜滴在《圣经》上，让孩子去舔《圣经》，让孩子一开始就感受到书是甜的，以此来培养和激发孩子阅读的兴趣。让孩子快乐地阅读，在阅读中享受快乐，这也许是给我们的最好启示。

读书的机会是很多的，在车船途中，节日假期，茶余饭后……皆可阅读。书的世界无穷大，坐拥书城，畅游书海，去浮躁，远功利，弃世俗，感世态炎凉，辨人情冷暖；晓古今忠奸，知中西纷争；汉书可下酒，史记能充饥；与孔子对话，跟李白谈诗……这是何等的潇洒，何等的快意。这便是书籍的魅力，这更是悦读的魔力。

悦读，往往没有明确的功利目的，没有皓首穷经的苦累，兴之所至，随手而翻，偶觅妙文，欣喜若狂，一睹为快。读到高兴处，禁不住手舞之，足蹈之，勾画圈点，品味诵记，真是乐在其中，韵味无穷。有时候，禁不住将佳篇妙章荐与诗朋文友，"奇文共赏，异义相析"。将快乐放大，将享受延长。

书读得多了，渐渐淡泊了名利，远离了世俗，忘记了圆滑，增长了见识，开阔了胸襟，遇事想得开，生活常自在。

精神的乐趣是无穷的，无价的，它不像金钱那样，积起来慢，花起来快。精神的魅力在于不但可以快乐自己，还可以愉悦他人。正如清人萧抡所言："人心如良田，得养乃滋长，苗以水泉溉，心以理义养。一日不读书，心臆无佳想，一月不读书，耳目失清爽。"多读好书，会使我们思想更丰富，人格更健全，道德更高尚，灵魂更洁净。

有位哲人说，人有天使的一面，也有魔鬼的一面。天使的一面，是善良美好；魔鬼的一面，是私心杂念。要让"天使"战胜"魔鬼"，最好的方法就是多读好书，常读好书，时时让心灵得到书的滋养和钙化。

当今时代，物质丰富了，通讯发达了，微信普及了，世界变小了，诱惑增多了，信仰缺失了，人们的欲望也水涨船高了——没有的总想有，有了的还盼望。因此人人都喊忙——忙文凭，忙职称，忙升官，忙发财，忙交友，忙娱乐，忙旅游，忙微信，忙网聊……忙得废寝了，忘食了，没有时间读书，没有时间关注自己的心灵。这是何等的悲哀，何等的危险！

　　读书不仅给人以力量，而且给人安全感和幸福感。我们不论多忙，都应该抽出一定的时间，读读书，养养心，怡怡情，悦悦性，让自己的灵魂得到歇息，在阅读中得到力量，找到安全感和幸福感。

　　鞋大鞋小，唯有脚知；梨酣梨酸，亲尝自知；书籍甘苦，读书人自有发言权。

读书求知是我福

胡永晖

　　读书人的幸福，绵延于读书求知的过程。读书不像做生意那样急功近利、回报及时。寒夜孤灯，一杯香茗，捧书卷，闻墨香，每每细斟慢酌，像盛夏吮吸冰凉的饮料，甜滋滋，凉悠悠。读到深处，偶有顿悟，抓起笔来，疾书几行；读到疑处，穷追不舍，翻拣断胡须，直到探骊得珠方肯善罢甘休；读到奇处，跳将起来，击掌叫绝，惊动家小；读到悲处，替人落泪，湿透襟袖，如失亲情；读到喜处，又不禁手舞足蹈，乐不可支，竟孩子般笑出声来。大凡这些幸福的感觉，是爱读书的人才能独享的。

　　乐不释卷的读书人生活大多清苦，但他们大都甘之如饴。犹如寺庙僧侣，青灯黄卷，终生苦修，寂寞相伴，却视苦为乐。同事、朋友、学生、家人，或有所惑而动问，读书人若能说出个"道道"，告诉个"名堂"，解人之惑、助人之难，那心里的感觉是清甜的；在工作或事业中，读书人若能解决点别人解决不了的难题，创出点别人未创出的心思，那心里的滋味是纯美的。这似乎比得了钱，获了名还舒坦、还惬意。爱书的人，往往对"贫"有自己的见识：钱财虽贫，而知识不贫，趣味不贫，劳作不贫，创造不贫。有时来了神儿，品味人生，反倒觉得不读书的人最贫，这些人活得空洞、活得寡趣、活得可悲、活得很累，酒色财利他们样样都有，文化精神件件或缺，活着就是个躯壳，灵魂永远睡着。

爱书的人也爱忽发奇想：爱书不就是爱知识、爱自己、爱人类么？抓紧时间多读点书，为人类多做点事，比什么都值。书读多了，书读好了，书读得有用了；社会进步了，人们也清醒了，社会上的许多人，一改昔日轻蔑的目光，开始敬慕地打量读书人了。社会前进的脚步声，渐渐吓跑了"愚"和"贫"两个恶魔的纠缠，"丰衣足食"也感动地跑过来拥抱读书人了。

毫无疑问，读书可以修身，可以养性，可以怡情。真正的读书人，一卷在手，平添几分儒雅；字里行间，阅尽人间沧桑。腹有诗书，其品自高，"宁为玉碎，不为瓦全"；腹有诗书，其德自谦，"淡泊名利，宁静致远"；腹有诗书，其身自正，"咬定青山不放松，任尔东西南北风"；腹有诗书，其志自坚，"路漫漫其修远兮，吾将上下而求索"。

真正的读书人，即使富可敌国，富甲一方，也不会一身铜臭，俗不可耐；即使学富五车，才高八斗，也不会恃才傲物，目空一切。真正的读书人，不为苦而悲，不因升迁沉浮而耿耿于怀，不会为门前冷落而郁郁寡欢。读书可以增智，可以博采，可以长才。

读书还是一种自我完善的方式，是每天生活中必要的刷新。它使人摆脱愚昧，获得智性的愉悦，拥有真理和高尚，使生命丰厚而实在，使人生的体验和感悟超越现在的有限而向过去未来延伸。它使个体生命充实、有意义、不虚枉。常言说一花一木一世界，如果这个世界能够自慰无憾，就个体来说，不也可以算是满意的人生？所以读书问学须"望尽天涯路"，然后"慎终追远"。

读书人就这样在读书中渐渐解脱了自己、慰藉了自己、充实了自己、实现了自己。最后，读书人终于发出了骄傲而真切的呐喊：读书求知是我福！

宝贝，让我们和书一起成长

朱　婧

2014年10月20日，金秋的阳光温馨恬静，在这个收获的季节，由我组织的"宝贝，让我们共同成长"亲子阅读活动在我馆儿童阅览室拉开了帷幕。

亲子阅读是一种既能给孩子也能给家庭带来无限乐趣的活动。它需要父母和孩子共同参与。书是一颗小小的种子，当父母把它种在孩子的心田，再用耐心去浇灌，小小的种子便有了勃勃生机，然后长成参天大树，启迪心灵，滋养智慧。

前来参加活动的十位小读者和他们的父母，对此次活动充满了兴趣。孩子们选择了自己喜爱的图书，和父母一起阅读。天生喜爱孩子的我仔细观察着每一个小读者，这些三至六岁的小孩在父母的陪同下表现得格外认真，宝贝们的脸上洋溢着读书的喜悦。

在温馨愉悦的气氛中，活动结束了。我和家长们进行了交流探讨。一位家长的话给了我启示，她告诉我，她已有两年多的亲子阅读经历，通过共读，她与孩子共同学习，一同成长；通过共读，创造了她与孩子沟通的机会，分享读书的感动和乐趣；通过共读，她看到了孩子的欢喜、智慧、希望、勇气、热情和信心。她还说："亲子共读，贵在坚持。从孩子三岁到现在，从没间断过。"我观察到她的孩子的确比同龄的其他小孩要出色的多，不论是阅读习惯还是表达能力。

同样身为妈妈的我，刚才还在活动中绘声绘色给家长传递着亲子阅读的好处及重要性，但和家长交流过之后，才发现自己做得远远不够。这次活动不仅使前来参加活动的每个家庭受益，其实更加使我受益。

我觉得亲子阅读不仅仅是一种形式，在生活里时刻都可以开展，从这以后，我每天都会抽出一定时间和自己的孩子以游戏的形式进行阅读。从刚开始的十五分钟到现在的三十分钟。三岁多的小心瑞显然是很喜欢和妈妈一起阅读的。我们的阅读形式也是多变的，有时候我来讲，她聆听；有时候我来当她的听众；大多数时候在我的引导下让她自己去理解书中的内容。在共读的过程中，当遇到孩子提出的一些极为幼稚的问题，或当遇到一个她喜爱的故事要十遍八遍求你讲的时候，都是对我耐心的一种磨炼。

一个人无论做什么事，坚持最为重要。读书也一样，有了相对固定的阅读时间，从而形成相对稳定的阅读习惯。人都有惰性，有时候累了，也想偷懒，给点玩具让孩子自己玩。可是，到了我们经常阅读的那个时间，这小家伙竟然很自觉地把书拿到我面前。看到宝贝的举动，真的令我很欣慰，然后自我反省，继续我们的"读书游戏"。有付出自然是有回报的，兴趣、习惯是可以培养出来的，我觉得培养孩子阅读的习惯，不要急于求成，要有耐心和恒心，关键是在孩子心灵上播下读书的种子。

现在，我对亲子阅读的认识不仅仅理解为在家里的阅读，周末总会抽时间和孩子爸爸带着她去大自然中阅读，去旅途中阅读……孩子的成长也是一本书，多一点心思，多一点投入，收获的其实不仅仅是孩子。在今后的日子里，我会采取更多积极灵活的方法，将亲子阅读坚持下去。

　　"亲子阅读"重在家长、优在兴趣、乐在过程、趣在形式、贵在坚持，让我们和孩子一起，以书为友，用最静的心阅读，来填实自己比天空还广阔的心灵。

与书相伴的日子

聂永新

退休后的生活是从与书携手，相伴而行开始的。最熟悉的路是从家到图书馆，最留恋的莫过于图书馆那安静怡人的氛围，最惬意的是一本书翻开在眼前，一杯茶端在手上，茶香伴着书韵，静静地，悠然地，度过闲暇的日子。

读书时，你可以沉浸在激情之中，欢乐的感觉油然而生；读书时，你可以徜徉在智慧之中，心旷神怡，任思绪随书中文字驰骋；读书时，你可以在寻觅中思索，历史与现实，痛苦与欢乐，希望与迷惘……一旦有收获，莫名喜悦随之而来，心情的愉悦无与伦比。

读书，可以是为了应试、为了求职，也可以是为了娱乐、为了消遣。如果说前半生的读书是为了充实自己，更好的在职场打拼，或是用来打发无眠漫漫长夜，那退休后的读书，则是毫无功利之心的、神闲气定的慢嚼细品。遇到好书，慢慢地读，细细地品，再推荐给谈得拢的二三老友。看到精彩的文笔，独到的见解，做做摘录，不时回味，真有"余音绕梁三日不绝"的味道。

读书，是可以完全随心所欲的。就拿各类杂志来说，喜欢时事的，看看《特别关注》《求是》之类；喜欢军事的，翻翻《军事史林》《兵器知识》；喜欢虚无的，看看《飞碟探索》《奥秘》；喜欢实用的，翻翻《烹调技术》《求医问药》……只要有欲望，有时间，就可以在书山上尽情攀登，在书海中忘我徜徉。等到了我这般"六十耳顺"的年纪，读大部头名著的时候不多了，也只能是记记《红楼梦》中的精彩段落，背背唐诗宋词中的经典诗句，而报刊杂志也就成了随手翻看的首选。《读者》是咱们甘肃省享誉全国的杂志，我每刊必看，久而久之干脆订了一份。《中外文摘》的插页特别有趣、另类，食品的、动物的照片很有创意，冲着这点常常借阅。人老了，各种病痛也就来了，自身的健康就成了关注的重点。《益寿文摘》成了我这个年纪人的首选，其中刊载的中药验方，经过多年的摘抄、复印，攒下了厚厚一摞。

翻看书页，更加珍惜生活。在书页里，你会因为领悟到生命的价值而无限依恋；字里行间，你会因为生活的真实而不懈努力。大家都在感叹"夕阳无限好，只是近黄昏"，殊不知"牵手书做伴，怡然度晚年"，体会到了其中的乐趣，自然就少了对空巢的恐惧及哀叹。

时光倏忽，无论生命还有多少时间，唯愿沉浸在读书之中。

阅读感怀

曹宝龄

"全民阅读"连续两年写进《政府工作报告》。李克强总理说，"阅读是一种享受，也是拥有财富，可以说终身受益"。

遵照这个指导思想，甘州区图书馆创办了《张掖阅读》。尽管是一张小报，但可谓独具慧眼，为全民阅读开辟了良好的精神园地，为广大读者办了一件实实在在的好事，可喜可贺！

品一杯清茶，读一本好书，翻一份导报，寻一隅清净的空间，就可以坐地神游八万里，纵横上下五千年；就能够会古今贤能雅文，访中外名人学者。在书报中看人间悲欢，悟人生真理，那真是一种超然的享受。

一个人读书多了，自然而然就会受书的影响，言谈举止间流露出一种特殊的气质，或温雅脱俗，或不卑不亢，或典雅大方。这种书卷气是崇德敬文，爱好高雅的上佳品格；是内厚外雅，举重若轻的儒雅气质。非学无以明识，非学无以立德。多读书可以陶冶情操，净化心灵——书读多了，自然就少了市侩气，多了书卷气；少了俗气，多了清气；少了媚气，多了骨气；少了霸气，多了和气。

人到中老年，把时间多用在阅读上，在学习中感悟文学之美，接受美好事物的熏陶，精神追求就会高尚，就会达到化繁为简的境界。人一简单，活得就不累，就有了真正意义的潇洒，就有了真正意义的自由。

阅读是人生永恒的主题。英国物理学家、诺贝尔奖获得者卢瑟福有一句名言："人们的知识在不断地充实着，而人们的智慧却徘徊不前。"这说明，增加知识容易，增加智慧很困难。阅读有利于智慧的增长和才能的提高，还有益于境界的提升和胸怀的开阔。

读好书，就有好心境，就有高境界，就能更深地体验亲情的深度，领略友情的厚度，拥有爱情的纯度。就能"学问深处意气平"，为人平淡，对人平和，拥有名副其实的快乐人生。自然也会提升生活质量和幸福指数。

因为阅读，我得知了李白的旷达、飘逸，了解了他"千金散尽还复来"的洒脱；因为阅读，我感觉到了杜甫"感时花溅泪，恨别鸟惊心"的沉郁；因为阅读，我欣赏到了苏轼"大江东去"的感慨；因为阅读，我听到了"昨夜雨疏风骤"的婉约语絮；还因为阅读，我看到了社会田园、草木鲜果、飞鸟鱼虫，倾听了风的吟咏、雨的呼唤、山的巍峨、水的波澜……

通过阅读《皇帝的新装》，我知道了做人要诚实；阅读《海的女儿》，我感受到了人性的善良与坚强；阅读朱自清的《背影》，我深刻理解了父爱的伟大；阅读鲁迅的《拿来主义》，我望穿了帝国主义的本质。读史可以明智，读诗可以理绪。阅读，可以读出灿烂的明天，读出辉煌的未来！

书是人类进步的阶梯，也是生活快乐的源泉。我们要把宝贵的时光，用在阅读上，读好书籍、读好报刊，通晓古今、明白事理，像蜜蜂那样采百花而酿蜜，让生命芬芳起来。

图书馆故事

王海燕

岁月无声，那些遗落在书本里的故事陈旧泛黄，却回味无穷。那么，彼时在书架之间来回穿梭，默默翻书的你呢？你的故事还有谁知？

——题记

一　初进图书馆

掐指一算，来到图书馆已四年九个月又十五天了。我，依然清晰记得第一天走进图书馆时候的情景，刚刚过完春节，2月份，大街上还是一片过年时的红火景象，到处都挂着红灯笼、贴着红对联，可是，图书馆却冷冷清清。

长征广场文化大楼，我进入楼内，穿过大厅，通过楼内的标识指引，上到二楼，到了当时的馆长办公室。馆长微笑着问："你是西北大学的？学什么专业？""汉语言文学"，我说。"也就是中文系"，我又补充道。老实说，我对自己所学的专业很是无奈，这不是说我不爱我的专业，恰恰相反，我非常热爱我的专业，可是，当我很自豪地给别人说时，别人往往会对这个专业嗤之以鼻，好一点的情况是，别人会说："呀，这个专业是不是毕业了当语文老师啊？"或者是"那你应该很会写吧？哎，你们是不是天天都看书，天天写文章啊？"如此云云。我真的是无奈至极，索性到后来我很少跟别人在熟络之前说到我所学的专业，我懒得解释。是的，这也是学汉语言文学专业人的"通病"——往往写的不多，想的比谁都多！

回答完后，馆长依旧微笑着，让我去二楼最边上的那间房子找办公室负责人，看把我安排到哪个岗位上。我走出门，仔细环顾了一下二楼的布局，馆长室左手边是开架书库，也就是现在的图书借阅室，右手边是期刊室，最边上是电子阅览室，在电子阅览室的对门，我见到了办公室负责人，他热情地把我带到了开架书库。开架书库里，映入我眼帘的是大大小小一共八架书，还有两位很漂亮的图书管理员！

"这就是我今后要工作的地方了？"我在心里打了一个大大的问号。要知道，在那之前，我不知道县上有图书馆，也从来没有去过，更不用说有一天会在这里工作。

二　偶尔想起的唏嘘记忆

老实说，几年以来，经过各种努力，来图书馆看书的人越来越多了，但我仍然不得不承认，读书并不是一件主流的事儿，就像吃饱饭听音乐一样，可以听可以不听，就像菜里的佐料一样，多一样少一样，无关痛痒！

曾经有一个叫小雨的姑娘，清丽而消瘦。有那么一段时间，天天来图书馆。那时候，我负责借阅，来得多了，她和我渐渐熟络了起来，有时候会让我推荐书给她看，有时候会问我关于某本书的某个观点。有一次多聊了一些，她说，她以前从来不来图书馆，最近天天来是因为她和男朋友分手了。我心想图书馆成为你治疗创伤的良药了，这样也挺好的。她说她男朋友爱看书，经常泡图书馆，她以前不明白为什么。她也从来没有和男朋友一起来过，因为这个原因和男朋友争吵了无数次。她男朋友给她推荐过不少书，她也一本没看过，最近却看了不少。她说，她后悔了。我想起了去参观杭州图书馆时，杭州图书馆分馆一楼楼梯拐角处张贴的那个故事《书香里的爱情》，两个人因为一本书收获了爱情，多么美好！

小雨有几天没有来，再来的时候，手里挽着一个干净阳光的男生，男生果然是经常来图书馆的，我常见。小雨笑着对我说，他们和好了！看他们真开心！走的时候，他俩借了一本张小娴的书，说是共同看。

大概三四天光景，书还来了，不过，只有男孩一个人，很失落，看他欲言又止的样子，我问他是不是有什么事，他摇摇头叹了口气。过了一会儿，他突然问我，张小娴的那本书我有没有看过，我刚好看过，问他怎么了，他犹豫了一下说，他们最终还是分手了，是因为书中的一个女主人公的原因。我当时真是被"震"到了——我见过形形色色分手的，却没见过因为书中的女主人公分手的，谁也不会傻到因为书中的女主人公而分手吧？

男生当时问我，对那本书中第一个故事中的女主人公是怎么看的。那个故事题目我已经不记得叫什么了，不过，张小娴小说里大多是都市爱情男女故事，那个故事大概是写一个女人背叛男朋友，最终收获真爱却不得善终的事儿。没等我说什么，男生说，他是从文学的角度来欣赏女主人公的，而小雨是从出轨的角度来欣赏的，两人最终没讨论到一起，却大吵一架分道扬镳。我再次无语。

后来，大约是几个月后，小雨来了，是来退借阅证的，她说她要结婚了，男朋友在一家企业工作，是生产线上的工人。"不爱看书",她最后补充了一句。

我心想刚好和她一样,不爱看书,不过,我还是祝福她幸福。

时间,悄悄地从指尖溜走,也扫过图书馆里书架上的每一本书,越来越陈旧的书和新采购回来的书交替在书架上,诉说着读者们的故事。有一次,我在大街上转悠,碰见了一个女人抱着孩子拦住了我,女人胖胖的,但看着面熟,我没想起来。她说:"是我啊,小雨啊,我去你那里借过书的!"她的话把我从遥远的记忆深处拉回现实,我怎么也不敢把那个清丽而消瘦的姑娘和眼前的这位"胖妈妈"联系在一起。

孩子已经一岁多了,小雨说,不过,她已经离婚了,老公出轨了,原因是嫌她和男性朋友关系暧昧。

我仍然记得她当时看着远处,幽幽地说:"看书真的好吗?"

小雨是初中文化,因为家庭原因没上成学,她给我说过,不过,没说是什么家庭原因。那之后我也再没有见过她,我当时还邀请她带着孩子来参加图书馆的亲子活动,只是,终究也没见她再来图书馆。

三 我在图书馆等你

光影朦胧,岁月更迭,一不小心,自己就要步入而立之年了。在图书馆工作几年来,越来越爱上这个职业,这不是说我有多伟大,我要爱我的职业,而是渐渐的,这份工作让我觉得我不是那么无知,我觉得自己在不断成长。以至于我有些怀疑,这份工作就是我小时候的理想,在很久很久以前已经在我的心中埋下了一颗种子,等待生根发芽。可是,我分明记得，小时候我的理想是长大了当一名女军人，英姿飒爽，现在看来，这一"文"一"武"，风马牛不相及。

四月份的吴起，天气渐暖，恣意的狂风已经远去，偶尔风和日丽。我，开始爬山，爬胜利山——洛河水日夜不息，乘着春凌一路南去，仿佛挥舞着的绸带。行走在山间的石板台阶上，不断有爬山的人从我身边经过，因为我不会太快也不会太慢，所以总有爬山快的人超了我，也总有慢的人被我超过，就这样，一路从不会落单。路边的一草一木，土地上的每一寸"肌肤"，每天早上都映入我的眼里。抚摸着路边的栏杆，仿佛可以穿越回楚魏征战的年代，大将军吴起在此戍边，用他的雄才大略撑起一片天的时候，他是无论如何也想不到有一天人们会把他英武的样子，塑造在吴起这块崭新而又历经数千年风雨的土地上吧！

站在胜利山顶远眺，朝霞里氤氲的吴起城，用她独有的姿态展示着自己的魅力，犹记得大学刚毕业时，我是无论如何也不愿回这里工作的，我总觉得这里太小，不适合我"大展拳脚"。我抱着不切合实际的态度，"厌倦"着这片故土。可是，几年来，我不知不觉融入这个小县城，不可自拔，爱着这里的一事一物，尤其爱着我的图书馆。

站在半山上俯瞰，图书馆所在的大楼因为直线距离近在眼前，我甚至想象着自己是可以飞檐走壁的"大侠"，用不了几秒功夫就站在图书馆楼上，豪情万丈！坐落在政府广场内文化大楼上的图书馆，就像县政府大楼的一名子女一样，抬头仰望着政府大楼，希望她给予温暖和力量。而我，又像是图书馆的子女，我爱着她，也越来越了解她，过去的她也是历经沧桑，几经迁址。我知道，她每一次的变迁，都是一次岁月的沉淀，都是一次智慧的结晶。就像有人说的那句"虽与风月无关，却分明有风的痕迹，有月的圆缺。"——我并不是为了煽情，历史，从不转身，却一直被记录。

很遗憾，过去那些泛黄的老照片留下的印记太少，唯一让我稍感欣慰的是图书馆仓库里那几千册破旧不堪、散发着霉味的老书，诉说着过去的传奇，当然也记载着有关吴起的种种。

我曾在微信平台上这样推广过我的图书馆：馆内，仿佛与世隔绝，一个十分静谧的地方，只有纸张不经意间碰触发出的清脆乐章；阳光透过窗户洒落进来，弥散在那一列列整齐的书籍上，折射出星星点点柔和的晕光；在这里，你可以伸手就触摸到那安静的文字散发的淡淡墨香。掬一捧光阴，来这里，和图书邂逅一场，你若不来，我不敢老去，似水流年，我在图书馆等你！

也许忙碌的岁月，要来一场说走就走的旅行不容易，但是要来图书馆，却只需要一个念头，你不来，我不走，我在图书馆等你！

老宅五世寄深情

——袁定邦故居拾忆

袁　泽

　　我的祖父袁定邦是张掖有名的教育家、诗人、书法家和佛学家。他一生效力地方文教事业，为抗战时期的佛教爱国事务奔忙，留下了传扬后世的口碑。成就他人生事业的因素中，不能忘记的，是他在张掖城里的老宅。那是一处文化内涵深厚的张掖民居四合院。

　　老宅建于祖父袁定邦的父亲之手，是祖父安身立命之所，又是我父辈们事业的起飞场，还是我少年求学时的文化后花园。现在，老宅又存念在后人心中，变成传承家族精神文化的后续接力。

　　据《袁定邦自述》载，老宅为祖父袁定邦的父亲袁希林所修。老宅坐落在民主西街十八号张掖中学东南一隅。2001年修建中心广场时被拆迁。老宅为北方典型的四合院规制，土木结构，坐北向南。院门上方的门匾是袁定邦手书的"风绍之公"四字。老宅撑起袁定邦人生事业的空间。袁定邦二十一岁时，从家族分家获得这处宅院，从此便开始他风雨人生的实践体验。居于此，他用擅长的诗词记载了人生诸多感悟。如《四十初度自述》：

　　　　蹉跎岁月几经迁，已是尘寰四十年。

　　　　有母未常小人食，无钱幸得后嗣贤。

　　　　此心愿比堂前雪，知足常耕郭外烟。

鲵浪鲸涛都不管，每逢花月一欣然。

袁定邦用汉代袁安卧雪的典故，取自家堂名曰卧雪堂，来表明他淡泊明志宁静致远的观点态度。

他还从古寺移来竹子种在庭院中，来表明他虚心淡泊，不染俗尘的处世情怀，如《移竹》：

绿阴冉冉一番新，深院移来古寺春。

自昔相逢皆俗士，而今作伴有诗人。

虚心淡泊堪风世，疏影娑婆不染尘。

珍重还如迎好客，自将月斧剪荆榛。

置身老宅，身居陋巷，他用《陋巷》表现他穷且益坚的价值志向，如：

年来屏迹绝虚誉，陋巷萧条我且居。

何妨事业操屠狗，不向风尘求食鱼。

老宅更留下了他对国难时局及民生的深切关注。如深夜难眠，起身伫立写就的《夜叹》：

河山半壁东南陷，江汉万家西北来。

瞻念前途忧正迫，中庭一夜独徘徊。

他写诗明誓，表明和妻子情意深长，共度人生的人生态度，如《题内子与余合照》：

一庭松竹乐洋洋，贫贱夫妻意独长。

但愿齐眉同到老，不知人世有侯王。

他勤劳工作，养活一大家人。在外奔波的辛苦，都在归家的喜悦中消弭。如《晚归》：

钟声几处氛埃外，灯火谁家芦荻边。

却喜归来门未掩，花间小犬正酣眠。

老宅，亲情，从家族情怀提升到万家忧乐的胸襟，莫过于《望月歌》中的动人诗句：

一年一度望月圆，今年望月异往年。

往年儿女罗膝下，今年四散在客边。

况逢佳节人多感，神州到处有烽烟。

生民流离不相见，白骨如岳血如渊。

至此，我们看到一处老宅对人心灵归属情感慰藉所给予的强大支撑作用。

1949年6月，袁定邦刊刻印成了他二十年诗词手稿的汇总《抱坚轩诗》，为他在老宅的物质精神生活做了小结，奠定了他河西近现代诗人的崇高名望和影响。

新中国成立后至60年代初，袁定邦以积极的热情和学习的态度投身到社会主义革命和建设事业中，《张掖名胜古迹纪要》稿本即在老宅处撰写而成。这一阶段老宅的生活，是袁定邦最幸福的时期。

1966年，"文革"劫难。袁定邦被打成"反动文人"，惨遭批斗游街。老宅先后两次被抄家。1966年，先抄去袁定邦收藏的古籍，如"二十四史"中的《唐史》《宋史》等。1967年老宅第二次被抄，又损失《资治通鉴》《曾文正公集》《抱坚轩诗》民国刊印本等大量书籍，这是对袁定邦最惨重的精神打击。百年老宅，因人命运的衰微，也呈现出颓败的局面。

借助家族的老照片，我寻绎老宅的细节。照片中，祖父袁定邦戴圆框眼镜，须发飘然，穿四兜的中山装，上衣袋别一支钢笔，文人气质依旧，又略加新派作风，这当然和他自觉进行新学习，接受新思想有关。照片上的六叔袁克良精神昂扬，既有五六十年代年轻人的共同热情，又似乎带着书香世家后代的一丝傲岸。另一张照片上，五姑梳着辫子，是60年代青年斗志昂扬的打扮。叔叔姑姑们受祖父影响，学成后全都从事文教工作，在乡下学校教书。每当他们下班回来，祖父便听他们讲学校革命形势，跟进新时代，保持不掉队。他还写信给儿女，勉励子女好好工作，追求进步。

上小学的时候，我用自己的眼睛和心灵搜觅体认老宅。老宅大门右门柱钉有一块黄底红字铭牌，省政府所制，上书"光荣军烈属"，表彰我未曾见过面的先伯父袁克武参加抗美援朝壮烈牺牲及我父参军事。老宅南面的倒座为祖母所居。我到祖母所居的倒座里间睡觉，晚上可以自由看劫后残余的书。至1973年，祖父袁定邦身体麻痹，半身不遂，我常去他所居的西厢房边的小屋帮他穿衣吃饭，小屋的架板上有残存书籍，如商务印书馆出版的《海底世界》之类，自己便看得兴味盎然。更多时间，老人家背诵唐诗宋词给我听，只可惜，自己当时尚小，不能理解领会。

老宅的堂屋被祖父命名为卧雪堂，老人家承继的家风真正是清贫守节，穷且益坚。堂屋经"文革"劫火，窗棂门扇全失，只有梁柱支撑屋顶，地面杂乱堆积。我从灰土中发掘出他为子袁克武所写的灵位牌，所叙生平事迹已不记得，惟记得用蝇头小楷写成，字行虽密，字迹却清晰美观。我们在老宅中央空地种灯盏花、千层菊、金丝莲、向日葵，到后来搭架种南瓜，南瓜最后在屋顶上结瓜。我们还在老宅的堂屋门前打了一口压管井，压水饮用兼灌溉。"文革"过后，我们又寻到袁定邦在1949年刊刻印成的《抱坚轩诗》原本了。借助整理祖父诗作，我推开一扇厚重的门，山川人文，历史掌故，遣词造句，修辞用典，文学的诸种精彩纷至沓来，应接不暇。而诗集背后的博闻强识尤令人叹服。1982年，我上了大学，祖父已离世八年，老宅的堂屋最终被拆掉。百年老宅开始解构。2001年，政府修建中心广场，老宅将被征用拆掉。我们虽说有了自己的新住地，但每天路过老宅，还要进来，用相机给它留下最后的身影。2012年，老宅原址之上修起平整的中心广场已十个年头。儿子上大学离开张掖前，我领他指认过，说这是你太爷的父亲修成，太爷居住在此成了张掖的文化名人。你爷爷生于此，后从军到外，到老还乡。你父生于此，在隔壁的张掖中学上学又回来教学。你出去是永不会回来的，你是要在异地开始你新的生活。这是一处老宅五世的情缘。儿子不语，我们转变话题朝前走。

我忆起某个历史学家的话，我们现在的生活建立在过往的废墟之上。但我更认同循环滚动的说法。我的家族从可考的清顺康时算，自外迁入此，至今已延八世，三百年，生命在延续。支脉繁衍，流向四方。重修故居是一个文化复兴的梦！我们祈愿梦想成真。但我们更寄希望于未来和历史握手，温和地传递彼此认同接纳包容的信息，汇聚正能量，小心保存我们的历史，大力弘扬我们的文化。

第二辑　品　书

翁竹軒

且趁春色好读书

泽 仁

　　樱梨纷飞桃杏舞，草长莺歌三月天。暖风已浓薄寒去，最是读书正当年。读书是淬锻心灵的过程，多读书，可以摆脱俗气。读书不论长幼，皆可怡情，皆可长才。其怡情也，最见于独处幽居之时。多少人为功名累，为金钱苦，为情感困；又有多少人为盛衰思，为得失闷。当这一切都去留无意的时候，只有读书才能使人了心悟性。

　　读万卷经典，得荣辱不惊，悠闲看庭前花开花落，抬眼望云展云舒！从寂寞空虚走向丰富充实；从无聊烦闷走向宁静平和。花看半开，酒饮微醉，读书也一样，但凡心有所动，必有所感悟。从平淡的生活中寻求快乐，摆脱世事的烦扰，抚平心头的褶皱。读书，须是耐得寂寞的。寂静时，心才会沉静，文字才会有无限广阔的感受空间，可以纵容冥思，带人一起飞翔，似树叶一片片羽化，你会被卷入作品的精神内核，合情合理地沉溺进去，于是可得新知、涤烦襟、破孤闷、释躁心、平心静虑，怿气爽神。

　　耐得寂寞真豪杰，寂寞中读书能使你的内心从贫瘠变得丰富，从枯燥走向宁静。读一本好书，如同饮一泓清泉，甘之若饴；读一本好书，如同饮一杯醇酒，闻之欲醉；读一本好书，如同聆听一个长者的教诲，受益匪浅。在书中，每个人都能找到自己的位置，每个人都能有所得、有所收获、有所感悟，能使你的情感得以撞击，得以宣泄。

安置灵魂，放飞梦想；医治精神，抚平创伤。读书可以使人放下俗务，一洗胸襟，可以怡情怡性，远离纷扰。一杯香茗，一本好书，寄情于山水，相忘于江湖，这是何等快事，何等惬意之极！因此，百无聊赖或心情郁闷之时，最好的事莫过于静下心来，仔细品味读书之乐，便是人生最大的乐趣，享受的是"独与天地精神往来"的极乐。

"记得少年骑竹马，看看又是白头翁"。时间飞驰之快，使紧迫感油然而生。该趁着美丽的春日去读书了。读书，又得耐寂寞，在今天这个世界里，多数人都耐不住寂寞，认为寂寞可怕。其实，寂寞是一种意志、一种功夫、一种境界。寂寞不同于孤独，寂寞是一种自律，是给自己心灵留下的一块绿地。书里文章中，寂寞时常见，诸如离群的孤雁，黄昏的炊烟，沙漠的红柳，野渡的小船，远走天涯的行者，等待恋人的情侣，荒寺古刹的老僧，雪夜闭门的书生，还有柳梢上滑落的一抹夕阳，遥看近却无的点点新绿，甚至不期然地打湿你衣襟的雨滴，都是一道道寂寞的风景。获得寂寞心情的大根本是能保持心地的宁静，不受尘事的干扰，不因身外名利的诱惑而动摇。无论风平风紧，潮涨潮落，都必须摒除私心杂念，远离罪恶与烦恼。

在春日里，在寂寞的悟谈下，独自一人闭门而读，该是何等的惬意，何等的奢侈与享受。心无旁骛，意无他涉，窗外下着淅淅沥沥的小雨，床头泻下柔柔的灯光，沏一杯新炒的春茶，不必有音乐美味，更不需红袖添香，只要有好书可读，那时你的内心定然充满了愉悦和禅意。只有如此读书，才能读出真情、真趣、真乐。

寂寂寥寥扬子居，年年岁岁一床书，放下烦扰静诸念，且趁春色好读书。

重新解读《论语》

——读南怀瑾《论语别裁》心得

古　力

凡是中国人，没人不知道《论语》，小学、中学甚至大学都在学，日常生活中也常会说到。比如"三人行必有我师""有朋自远方来不亦乐乎"，等等。作为一本汇集了孔子及其弟子言语行事的语录体作品，《论语》是儒家学说思想的重要经典。不过经过了2000年传承，历代后人对儒家思想不断重新解读，如今我们接触到的《论语》，其内容的解读已非孔子原意，它是被宋朝大儒朱熹所注解的。为稳固统治，统一思想，明朝皇帝下令，以四书考选功名，而且必须采用朱熹的注解。因此六七百年来，四书五经、孔孟思想，都被限制在"朱熹的孔子思想"中。儒家思想的路从此越走越窄，越来越僵化，逐渐陷入了末流，以至于"五四运动"要打倒孔家店。因此，我们现在重读《论语》，必须要有全新的认识，戴着放大镜，仔细辨别，把后来历代强加上去的附和统治者的东西去掉，读出儒家思想的原意来。

说到儒家思想的作用，南怀瑾先生有一个非常生动有趣的比喻，他把中国文化的儒、释（即佛学）、道三家，比喻为三家店。佛学像百货店，里面百货杂陈，样样俱全，有钱有时间，就可以去逛逛，可买可不买，可逛可不逛，但是社会需要它。道家像药店，生了病就非去不可，道家思想无所不包，一个国家一个民族生病，就离不开它。儒家的孔孟思想是粮食店，需要天天吃。"五四运动"不打药店，也不打百货店，偏打倒了粮食店，中国人的肠胃不习惯洋面包，久了就会出毛病。他说，要深切了解中国文化历史的演变，不但要了解何以今天会如此，还要知道将来怎么办，这都是当前很重要的问题，而要了解今天和将来，我们首先要了解传统。而了解传统文化，首先必须要了解儒家的学术思想，要讲儒家的思想，首先便要研究孔孟的学术，要讲孔子的思想学术，必须先要从《论语》着手。

学生时代被老师逼着背诵《论语》的情形还历历在目，以至于一听到"子曰"都会觉得头大，但能够吸引我认真阅读《论语别裁》这本书，最大的魅力就是南怀瑾先生诙谐幽默的语言风格，还有他对《论语》精彩而全新的解读，才发现原来以前所理解的有很多错误。南先生不被权威禁锢的言论让人眼前一亮，原来论语可以这样读，可以这样理解。

南怀瑾先生认为，孔家店被人打倒的原因，一是所讲的义理不对，二是内容的讲法不合科学。比如"无友不如己者"，长期以来被解释为交朋友都要交比自己好的，不要交不如自己的人，如此理解，实在是势利待人之道。"三年无改于父之道，可谓孝矣"，几千年来，都把它解释为父母死了，三年以后还没有改变父母的旧道路，这样才叫作孝子。问题是，如果男盗女娼，他们的子女岂不是也要走父母的旧路三年吗？因此，他认为孔子几千年来被冤枉的太苦，所以他要为孔子申冤。

南先生认为《论语》二十篇，都经过孔门弟子的悉心编排，是首尾一贯、条理井然的一篇完整的文章。古人和今人一样，都是把《论语》当作一节一节的格言句读，没有看出它内部的、实实在在首尾连贯的关系，而且每篇都不可以分割，每节都不可以肢解。古人错就错在断章取义，使整个义理都支离破碎。因此，古人认为《论语》没有体系、编排不科学也是很大的误解。

为什么古人会一直误解内容，错了2000多年？南怀瑾先生一针见血地指出，因为自汉代独尊儒学以后，士大夫们"学成文武艺，货与帝王家"，人云亦云，谁也不敢独具异见，谁都不敢推翻旧说，害怕被别人指责，被社会唾弃，害怕丢掉头上的乌纱帽，所以没人敢为孔子申冤。再加以明代以后科举考试，必以四书章句为题，必宗朱熹的注解，于是大家将错就错，以至于错到现在。

多么精辟的言论，多么独到的思想，如一股清新的风扑面而来。的确，现实中绝大部分人都是东倒西歪的芦苇，可即使是芦苇，我们也要做有思想的芦苇。读了南怀瑾先生的研究心得，我顿时觉出了中国传统文学的滋味，体验了解读传统经典的别样乐趣。同时也豁然开朗，思想是自由的，除了你自己，没有人能禁锢它，思维只有在碰撞中才能产生火花。

水云雨

——读《道德经》有感

王鑫国

　　《道德经》上说，"重为轻根，静为躁君"，具体运用在自我修养方面，可以解释为：稳重、敦厚是成功之本，心浮气躁永远也不成事。"道"这个充满玄机的东西，若要把它当成迷信去解析命运就与之真义相差甚远了。我认为，"道"是哲学范畴，捧读《道德经》，我以宗教式的虔诚去探索这"难名难言"之"道"的奥义。

　　2000多年前老子提出"道"的概念，并认为水是最具有"道"的精神的客观物质，水更是最接近"道"的本质的理想物质。水至刚至柔、随缘赋形、容纳万物、宠辱不惊。水所具有的这些品质，转化为人的精神境界便是泰然、坦荡、从容、自信、谦恭、自强、容忍、奋进、执着……一系列的自然美德，值得我们在为人处世方面学习一辈子。我们若以水作为自己的人格象征，相信这就是找准了人生坐标，给自己的人生作了一个明确的定位。

　　关于云，我过去对它有成见。我曾认为云轻浮无根，随风而定，虽潇洒轻柔却缥缈无神。通过阅读《道德经》，我改变了对云的看法，行云流水，我觉得云是水的另一种表现形式。在高洁的浓秋，在枯黄的苇荡，在有情人脉脉凝视的涟漪里，请把云儿当成水的梦吧！云卷云舒的那一刻，是水的精神魂魄印证天道自然的时刻。大道无形，云的姿态承载着"道"的内涵，于千变万化中延宕着"道"的外延。水可载舟，亦可覆舟；云可衬日，亦可蔽日。水重可以陷地千寻成湖成海，水轻却可以荡于天外成云成霞。无论是云还是水，都秉承着"道"的根本。云水同源，云的轻柔曼妙让我们理解了短暂、轻浮的外形中蕴藏着永恒、厚重的本质。

下雨时的那份空灵，更让人接触"道"的质地，雨更是滋润干渴灵魂的灵丹妙药。雨是云入水壳的妙景，水因此也就有了灵性。在雨中，水被析离成一点一滴来到世界上，或静谧，或喧闹，或温情，或热烈，滴在伤痛的春心，洒在炽热的痴情。要知道，每一点每一滴雨珠里都有一个五彩缤纷的梦。那梦来自于天道的澄澈、纯净。不信？请看初晴时凝在草叶上的那颗雨珠，包容着明媚的太阳的心。我喜欢雨天，在雨中，我变得纯粹而豁达。雨是最能营造倾听氛围的，雨温柔着细密的情思，让人用心倾听着灵魂的絮语。我认为招蜂引蝶式的喧嚣是对生命的亵渎，是对真正寂寞的掩饰。在雨中感受生命的真实，一个有灵魂的躯壳怎么会寂寞呢？或许当年的老子，在这样的雨天中，骑着青牛，缓缓而去，虽孤独但不寂寞，许是他老人家在探寻真理的道路上走得不疾不徐，不愠不火吧？

水灵活，因而生动；水清澈，因而纯洁；水下流，因而宽和。这一切看得见的状态成为问道者追求的品德。云居上，因而狂放；云变化，因而不羁；云丰富，因而细腻，这一切岂非松泉隐士的真实写照？雨细密，因而缜密；雨单调，因而孤独；雨连绵，因而多情，这一切简直就是闺中才女的诗情兼画意。

卧听泉流，坐看云起，凭栏沐雨，起卧之间，水起云涌，感受到的是水的灵秀。捧读经典，挑灯夜战，抚琴思贤，凝虑之时，心潮澎湃，感受到的不仅是生命的重量，更是"道法自然"的和谐法则！

重读秦牧

陈 洧

秦牧是20世纪著名的散文大家。秦牧的散文文笔优美，立意深远，构思精巧，妙论迭出，曾影响了当时整个散文界。人堪称文坛大家，文真如绝妙佳章。

秦牧的散文短小精悍，融思想与知识为一炉，汇艺术与生活成一体，具有高妙的内涵，深邃的思想。尤其是他的《艺海拾贝》一书，通过生动活泼、鲜灵奇巧的文字，精巧细腻、文脉清晰的结构，趣味纯真、生活丰富的文例，精当恰如、鲜活灵动的比喻，把思想、生活、技巧、天赋、勤奋的内在关系阐述得形象生动，使枯燥的理论如小鸟一样在纸上跳跃，如鲜花一般在书上开放，又如黄钟大吕在耳畔鸣响，更似长者风范引领青年前行。《艺海拾贝》一版再版，大有洛阳纸贵，一书难求之势。即或在"左倾"思潮泛滥，文坛万马齐喑的年代，仍在私下传阅，甚至在港澳地区接连再版，可见影响之深，反响之大。

当时不少的文学青年和作者，从《艺海拾贝》感悟到了文艺创作的真谛，领会到了文艺创作的奥妙，从中学到了知

识，也悟到了创作之艰辛和苦痛。毫不夸张地说，秦牧是20世纪文学创作道路上一位循循善诱的导师，《艺海拾贝》是一本不是教科书胜似教科书的文艺创作教程，是一把打开文艺创作大门的钥匙，是一座引领文艺创作航船前行的灯塔。

重读秦牧，感触感叹感悟太多太多。如今的文坛书域，已远失了过去那种刻苦钻研，潜心感悟，伏案汗漓的境地。浮躁之心膨胀，网络语言横溢。文学已不再神圣，写作已成轻巧之举。打开电脑，从网上抄一抄或改一改，俨然成为自己的大作。更有甚者东拼西凑强拉硬拽胡编乱造，无病呻吟。文章肤浅乏力，文风浮躁失真，生活被抛在了身后，技巧被抛在了一边，思想是在拾别人的牙慧，全然没有自己的风格和特色，全是一些"似曾见过"的东西。今天的文学青年或业余作者，已缺失了对思想的深层次探索，对生活的感同身受的深入，对技巧的反复琢磨和认真锤炼。重读秦牧，可以使我们的思想再厚实一些，生活再充实一些，技巧再硬实一些。不妨提倡多读一些文艺理论的书，多读一些大家的名作，打好基础，练好内功。

几年前，我曾组织本市几位有成就的作者在马蹄寺办过几天读书会，原准备让作者们集中读一批世界名著，后因一位资深老作家表示了异议，故放弃了好计划，现在想起还懊悔不已，当时应该坚持就对了。今天我提议重读秦牧，也算是对当时过失的一种弥补吧！

秦牧著述丰厚，有几十种书籍面世，有兴趣的话，不妨到图书馆去寻览一番，花点时间读一读，对创作是大有益处的。

天地吾庐自在心

黄岳年

　　新的韩大星篆刻书法艺术展举办了，路远，我不能去，但我不能不看。我天天看，时时看，在网络上看，在手机上看，在车上看，在家里也看。为什么？因为喜欢。

　　喜欢他的字，率真而有性情，古拙而见法度。他是得了真传的中国书法协会会员。他入会的时间早，不似后来鱼龙混杂，众人吐槽的情形。

　　喜欢他的印章，众体皆备，诸法如仪。篆刻上，他是孙犁授记过的人，天遂人愿，他将会光芒万丈，辉映艺林。前人有《印人传》，现在要重修，大星应榜上有名。反之，新《印人传》无大星，则不能算完整。

　　大星乃名门之后，书香世家。父亲韩映山，是孙犁四大弟子之一，荷花淀派代表人物，名满天下的大作家。大星幼承庭训，长蒙授记，又有韩羽、李骆公、孙琪峰、钱君匋、谢国捷、王镛、马士达等名师陶冶，天资上乘，秉赋一流，复兼刻苦努力，孜孜乾乾自然有不同寻常的艺术成就。篆刻书法之外，大星兼擅纪实散札，文笔诙谐，不枝不蔓，赢得从东到西或南或北愚兄贤妹赞叹。有诗为证：

　　　　咏印/潇湘风来

　　　　　　（一）

　　三秋堂上篆风云，拈笔龙蛇熠北辰。

洞锁青霞摇岁月，山庐独抱四十春。

（二）

铁腕飞刀气贯虹，掌间方寸有神工。

兴来偕友东篱啸，把盏篁中待月生。

（三）

雄浑秦汉自高阳，半盏青莹半月窗。

回看云天空寂处，金石散作满庭芳。

柯文辉先生赞大星云："初攻汉印，继自缶翁、白石上溯赵之谦、邓石如以及西泠群彦。佳处能动之以旋，得平朴蕴藉之美。边款单刀写隶楷，作通俗文言，肃然似小碑。"诚哉斯言。在映山公指引下，在孙犁先生关注中，韩大星十八岁即拜师写字刻印，四十年间为文学艺术界名家刻印无数，名家中又以给孙犁、汪曾祺、赵朴初、王蒙等居多，何其盛也。

此回展出，大星以四十方带边款篆刻（附石材）及十幅书法回报观众。出版《韩大星篆刻作品选》，收录四十年间所制二百多方篆刻作品，书法数十纸。封面由马士达题写。苑英科作序。用孙犁、谢国捷、欧阳中石、翟润书和韩羽的法书作为题词。书后有孙犁致韩映山信札有关印章部分。有"诸家评要"二十条，那是作家、书画名家们对大星作品的评论和信札摘要。大星详述其习印历程的文字亦收书末。此册，允为大星已出三书之佳者。

学界以河北一流人物颂大星其人其印，实至名归也。大星以"天地吾庐"过生活，大境界也。在大星印蜕中，"佛心"闪闪，"信心"满满，"得大自在"矣。

大星之福，于名师名父外，慈母贤妻俱可歌颂。尤为特出者，是其掌上明珠韩阳。韩阳书画功植少年，与父亲联袂，在保定，在石家庄数次举办展览，声誉鹊起。南北师友多咏其事，兹录李氏诗以纪：

观韩阳书画集

韩门兰桂玉颜开，碧水含光艳艳来。

醉笔游风千里月，酣刀纵意九层台。

岂因凡树姗姗落，却肯云心淡淡回。

日日观莲莲不语，一声歌起有人猜。

一元复始，新春来仪。金城之上，大河东流。旅次书此数语，为大星印展致贺：愿花常好月长圆，大星在天，照耀东方。

美的私语

——2015年，我的第一本书《月亮花》

安武林

美是一种感觉，这种感觉来之于一个人细致的感官功能。它是人对静态的东西以及动态的东西的一种审美的体验、观察、碰撞，并赋予万事万物一种感动和惊叹。

也许，一个人的感觉器官的优劣，有天赋的成分存在，但也可以通过训练而使自己的这部分功能得以加强，提高。

一般而言，喜欢诗歌的人，感受事物的方式是敏感的，细腻的。无论是嗅觉，直觉，视觉，还是感觉。所以，一朵不起眼的小花，一朵游丝般的流云，一株普通的小草，都能让他发现美，都能让他激动或者感动。

对爱的体验，对生命的体验，对人生的体验，可以通过细小的事物、景物来完成。

至于我，全部的答案都在我的散文诗集《月亮花》中。

《月亮花》是我的第一本散文诗集，是我2015年第一本书。按照现代人的说法，可以称之为精短的美文，适合晨读和诵读，适合小学生阅读。

它们是我二十多年来的积累，散见于各种中小学生报刊，很多都是卷首之作。其中，一小部分发表在成年人的报刊上。

散文诗这种文体，是散文和诗歌的结合分娩出来的生命。纵观中外大作家的作品，不外乎分为两种，一种是散文的味道浓，另一种是诗歌的味道浓。也许，作家会说，我喜欢这样写，其实，标准的答案是：他只能这样写。这是由作家本人的气质、禀赋、审美和语言的使用习惯所决定的。

我很喜欢散文诗这种文体，阅读过波德莱尔、纪伯伦、泰戈尔、屠格涅夫、希门内斯、普里什文……很多名家的作品。最喜欢的还是泰戈尔，百读不厌。我将其视为灵魂的洗浴。每出差，袋子里都装着泰戈尔的《新月集》《飞鸟集》。它随时能让我进入一种诗意的境界，能让我的感觉器官处于最大限度地开启状态。所以，我能从花朵、河流、星星、月亮、村庄、房屋、树木等中体验到一种审美的快乐，诗意的温馨。

许许多多细小的事物，都幻化成了诗意的文字。

我一直感觉自己像个贝类的生物，粗放的外表下包含着一颗细腻的心。就像荒芜的岩石、尖硬的灌木守护着一朵小小的花一样。我很惊叹，居然能被一些作家师友们发现。第一个发现的是曹文轩先生，他称之为"粗中有细"，彭懿先生直接就冠以"细腻"之称。

被发现，是一种惊讶，感动，温暖，也是一种尴尬，无奈。这是生命的底牌。生命的底牌被发现，意味着可以享受更多的尊重和关爱，但也意味着会遭受更剧烈的伤害和打击。这也就是从心理学意义上说的"自我保护意识"。

孩子的天性，是喜欢故事的，无论是小说还是童话。我理解，支持。但我反对的是偏食，对于诗歌、散文，包括散文诗的冷落。因为这是一种感受事物的方式，是一种审美的体验。美——激情、浪漫的元素，在这些文体的文字中浓度最高。我相信，我们的冷漠，麻木，迟钝，不少东西都源自于对自己感官功能缺陷性的体认。

我曾经说过，我的眼睛，是为了发现美的，我的耳朵，是为了倾听音乐的。人只有发现美，才能远离恶，人只有亲近音乐，才能远离噪音。我的《月亮花》的全部意义和价值都在这里。

我非常感谢编辑同行，作家同行，一直对我的散文诗的青睐。它们在江西的《小星星》，湖南的《小学生导刊》，广东的《少先队员》，北京的《东方少年》，江苏的《阅读》，上海的《小朋友》《儿童时代》，山西的《小学生拼音报》等刊物一直刊发。江苏的《阅读》和上海的《儿童时代》还在连续性地刊发。尽管这些小读者们并不知道我的名字，但我相信，千百万的小读者都是读过这些文字的。

这些文字，更像是小溪里的鹅卵石，沙滩上的海星星，它们凝结着我对美的体验，感悟，发现，对人生的小小思考。

我记得哲学家休谟大致说过这样的话，一个人感受的事物越细小，说明这个人的感官功能越细腻。

我希望我们的孩子能够拥有一颗细腻的心，一双善于发现美的眼睛，一种能用激情和浪漫的天性去感受和对待人生中那些真善美的能力。

思想的光影

——读《声音的重量》琐谈

柯 英

阅读好书是一种精神的对接和思想的交融，就像树木需要水流滋润、枝叶需要春风唤醒一样，作者的才情与思考如流水、如春风，渗透到树心，触动到枝叶，便让读者有了透心的清凉和舒展的想象。祝勇主编的中国新文人随笔《声音的重量》就是这样一个能流进你的内心深处，给你思想清凉的文字。

这套书出版于1998年，上下两册，是李洁非、韩毓海、孙郁、李书磊、彭程、祝勇六人的合集。我于2001年夏天在北京出差时从皇城根一个小书店购得，它陪我渡过了那年燠热的夏天，陪我一直读到今天。每当我心浮气躁时，随手翻一翻这本书，皱折的内心就被轻轻抚平了。这真是一贴安妥灵魂的清凉散。

祝勇在序言里说："从新文人随笔中，读者应当发现汉语随笔从未显示过的新迹象，从他们营造的词语空间里感受到这一代文人特有的智性力量。"是的，合集中的六位作家都是当代文艺评论和时事评论中响当当的人物，他们思想锐利，见多识广，视野宏阔，从不同的音域发出"金石般的心灵之声"，穿透喧嚣的都市与浮躁的乡村，震响我们性灵中那一根根沉睡的心弦，让我们张开舒展的想象来感受着汉语的魅力。

当下中国散文随笔不缺乏老人般的沉稳和女性般的柔媚，也不乏文字的唯美与技术的精巧，而独少锐利气质和思想力度。祝勇等人的文字与思想，正具有这样一种特异的风格，给人别开生面的启迪。我们先来感受一下这套书的只光片羽。

李洁非有一篇《怪与狷》，从民国时代的"怪物"辜鸿铭谈起，讲到中国文人的精神个性，站在人文关怀的立场说："一个国家，一个民族，需要文人的地方，除了他们的开创性、建设性贡献外，也非常依赖于他们的怀疑立场……如果他说错了，历史自会淘汰其说法；设若万一被他不幸言中，社会就有反思的由头，知道在何处向被错误否定了的东西回归。"我们谈文人的"怪"或"狷"，也许只是当笑谈说说，李洁非思想的这个深度，不啻是一击晨钟。韩毓海的《从何说起》是说写作者写什么怎么写的老话题，而作者在纵横开阖、旁征博引的宏论中，道出了写作者"丧失达到真实的力透纸背的能力"的无奈。孙郁在《痛感与智慧》中讲到周作人在香山养病时写的一组文章沉静、空寂且禅味十足，由此而揣测周作人病后另眼看人世，解得生死之结，最后推理出一个结论："智慧是痛苦的儿子。"李书磊的《余秋雨评点》写于余秋雨人气正炽，而文化界对余氏写作莫衷一是的时候，李书磊犀利的评说无疑有了宣战的意味："我们看到余秋雨的文章的文意在于拯救文化人的沦落，但有时却变成了另外一种精神沦落；本意在于代表文化人发言，但却出现了某种程度上的失语。"彭程在《走出边际》中提出发人深思的命题："人正是以其精神的高蹈远举为自己的存在定位。"祝勇《为什么远行》一文，是关于刘远举长篇散文《西部生命》的评论，也是拯救激情萎顿的散文的呐喊，在大气酣畅的评述中，你能领略的思想远远不止于一篇文论。

读过这套中国新文人随笔的合集，我始信：思想有光影，声音有重量。

他们的思考是个性的，真率的，没有故作高深的学究气息，却又有严谨的治学精神；没有云里雾里的奇谈怪论，却又是力透纸背的真知灼见。阅读这样的思想力作，至少对我们不健全的思想结构是富有建设性的补充。他们的宽阔思考会教会我们怎么思考，他们的博学多识会引领我们提升自己的阅读品位。

阅读他们文章，体验他们的心路历程，"那全然是一片深不可测，壮美无边的睿智的海洋"。他们的声音以一种穿透时空的钢性和重量，铭刻在了读者心间；他们的思想像光谱一样折射出炫目的光与影，给20世纪末、21世纪初的中国文化注入了新元素。

垛田上的梦想与奋争

——读刘春龙长篇小说《垛上》

毛本栋

早已闻听兴化垛田的盛名，那真是一方旖旎而奇特的土地，"河有万弯多碧水，田无一垛不黄花"的妖娆景致口耳相传，虽不能至，心向往之。兴化垛田是联合国粮农组织认定的全球重要农业文化遗产，每年清明节前后，油菜花盛开的季节，千垛万垛一片金色，十里八乡阵风送香。垛田春色，吸引了众多中外游人的目光，倾倒了无数文人雅士的情怀。好在有幸读到垛上人刘春龙写的长篇小说《垛上》，颇能慰藉思慕之情。刘春龙是土生土长的垛上人，用他自己的话说是"生在垛田，长在垛田，参加工作的前二十年也在垛田"。在文学梦的发酵下，浓郁的乡情在二十年前就催生

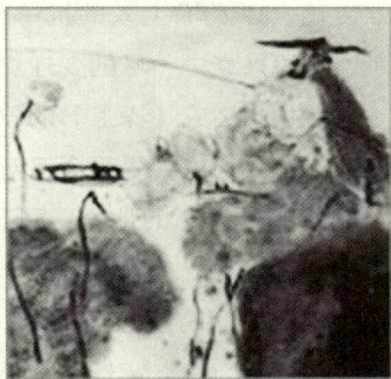

出他要为垛田写部长篇小说的夙愿。文字是情感与灵魂的外在呈现，积淀愈深，文字愈厚。刘春龙内心蕴蓄着浓厚的垛田情结，他笔下的"垛田"，已不再是行政区划的垛田，而是一种地貌特征的垛田，更是文化意义上的垛田。垛上人的梦想让我感奋，垛上人的奋争让我感动。

《垛上》具有史诗品质，它以兴化垛田为创作背景，描述了极具里下河风情的湖荡奇观、地貌迷宫、远古传说和地方文化，以及垛上人的抗争与救赎、裂变与成长的史诗式画面。湖的兴衰史、垛的变迁史、人的成长史，这三条线交织在一起，共同构成《垛上》的叙事脉络。而小说的主线是一个农村青年的成长史。尽管命运对他是那么的不公，尽管社会有这样那样不尽人愿的地方，可他不甘沉沦，不屈不挠，奋力抗争，最终获得成功。

故事时间跨度近四十年，小说以改革开放时期苏中兴化的城乡生活为时空背景，全景式反映垛田这方土地上发生的一切，垛田的过去、现在和未来。小说以主人公林诗阳的人生变化过程为故事构架。1975年夏，高中毕业生林诗阳回到浮坨公社湖州村，在一片迷茫中开始他跌宕起伏的人生。林诗阳涉世之初，像只无头苍蝇，处处碰壁，一心想走出土地，但总在梦想照进现实那一刻功亏一篑。无法摆脱土地的他，只好刻意摆出适应农民身份的姿态，将各种农活干得特别出色。在同学的眼里，林诗阳是个自尊心特别强的"乡下人"。但林诗阳不甘于永远做一个"乡下人"，他有自己的生活追求，有自己的理想和抱负。母亲为林诗阳的前途心力交瘁，她用屈辱为儿子换来小队会计的职务，使儿子迈出与命运抗争、实现梦想的第一步。从此，林诗阳从大队团支部书记，到锅炉工，到公社专职通讯员，到村支书，到副镇长，到镇党委副书记、书记，到开发区常务副主任兼台商工业园主任，到县委副书记，最后到县人大主任，总体来说一路走来顺风顺水，施展了才智，实现了梦想。特别是在担任湖州村支书一职时，林诗阳把青春和热血尽情挥洒在这座让他爱恨交织的村庄，修建水坝，分田到户，开发双虹湖，开办第一家村办脱水蔬菜加工厂，虽时遇暗礁，但态度不变决心不减勇气不泄，每一项改革都卓有成效。

林诗阳的大半生也在感情生活中奋力抗争，努力追求婚姻幸福。他先后与四个女人发生交集，分别是金英姬、沈涵、红菱、虞家慧。一个爱不成，金英姬本已与林诗阳私订终身，但在她的村支书老爸三侉子的强势阻挠下，只能怀着林诗阳的孩子远嫁他乡；一个不能爱，明白真相之前林诗阳与沈涵爱得难舍难分，但造化弄人，两人竟是同父异母兄妹；一个无我之爱，怀有身孕的红菱路上受骗被掳到一个偏僻小山村，除了已经生下林诗阳的孩子，还又生了两个孩子，八年后回到湖州村，看到的现实是丈夫林诗阳在收到法院判决自己死亡的判决书之后，已和虞家慧领证结婚，她在百般无奈下只得再次回到那座偏僻的小山村；一个唯我之爱，高中同班同学虞家慧，遭遇了一次失败婚姻后，与妻子失踪的林诗阳走到了一起，并单方面承诺如果红菱回来她甘愿退出，但最终以合法妻子的身份不愿放手。这四个女人都有可爱之处，可爱的特点又各有不同。前三个女人爱得决绝忘我，难逃悲剧命运，引人怜悯；第四个女人的爱带有新时期特点，这个女人善于用法律捍卫自己的爱情与婚姻。林诗阳立于这四个女人之间，有坚持有放弃，有情义有无奈，有担当有柔情，令人钦佩。至于他后来对金英姬的女儿叶梦虹，也即自己的亲生女儿，不遗余力地补偿父爱，更是令人感佩。

　　在垛田上演绎的这一幕幕拼搏奋争、爱恨歌哭的故事，回肠荡气，哀而不伤。故事中的每一个人物，都鲜活感人，似乎都曾在我的生活中出现过。现在，他们又回到了我的身边，和我一起分享曾经为爱为梦想洒下的汗珠和泪水。

一曲生活的赞歌

——读王新民《人生忠告》

张家鸿

如今的中华文苑，出版物甚多，看似丰富繁荣，然而像王新民《人生忠告》这样朴实无华的书，却实在太少。不少作者，一味地把笔墨倾向艰深繁杂，非摆出一副正儿八经地做学问的样子不可。即使无学问的，也要引出许多来路不明的新名词新理论，似以让人难懂为最终目的。他们自诩高居学术殿堂的顶端，却从来漠视生活的本真面目，实为舍本逐末之举。王新民先生笔下所谈都是生活的平常琐事，把许多原本即是道理的道理重新说起，他是一个极有耐心的长者，给许多读者起着引领的作用，引领读者向上，向善。

《光盘说》一文，提倡节约杜绝浪费，必须"从自身做起，多恤民生之艰难，常念一餐一饭来之不易，民以食为天，就像敬天敬地那样敬食，有了敬畏之心就不会浪费粮食"。在上学的日子里，经由老师之口输入心间的道理，此刻再由王新民的文字提醒，仿佛重生一般，在心中长出新芽，分外青葱碧绿。

许多看似寻常的生活点滴，在王新民的笔下，总能体现出清晰、深刻的道理。这不能不说是作者对于生活用心观察、细心体悟的结果！这恰恰是最为不易的，从生活中来，又回到生活中去，字字珠玑，句句在理，方能打动许多的读者。

如果说，从孩提到少年，再到青年，直到壮年，人生是一场加法运算的话。那么，王新民由"立秋"而想到人生之秋，则是一场减法的练习题了。"壮年的人生应该轻装上阵，就像繁叶落尽的三秋树，采取减法甚至除法，减掉不必要的包袱，除掉不必要的累赘，忘掉不必要的恩怨"。这其中，蕴含着人到壮年的真切体会，唯有卸掉这些之后，才能够身心轻松，享受自由自在的人生。

《盲道光明》中写道，"常人走在盲道上，换位思考，珍惜幸福，心明眼亮"。文章的开头不显山不露水，文章的结尾余韵款款，意味深长。笔力在最质朴最大众的文路上行走着，走过之后，让人凛然一惊，如梦初醒。

王新民说："想成为长青之树或栋梁之材，就要安居土地，向下扎根，长此以往，才能茁壮成长，最终结出硕果。"

王新民在书中坦露出他一切的"爱"，爱父老乡亲，爱村办九年制学校，爱故乡的老宅，爱故乡的空气、安静的环境。故乡是他的"身心根据地"与"精神的港湾"，这里有他的"根"。从故乡走出来，走到古城西安的王新民，对故乡有着浓郁的感激之情。因而，他也用自己的文字，用心地勾勒深情地书写故乡的一草一木、一花一鸟。横贯故乡汉村乡北部的铁镰山，故乡的特产"108"黄花菜、红枣和花生、粗细搭配荤素兼有的糊汤面，都真实地流露于他的笔端。

王新民是个书痴，从小爱看书，大学时一有钱就买书，工作后也都在与书休戚相关的单位上班。爱读也爱写，自己写书也编书，结交了许多书友文友，大名鼎鼎者如贾平凹也在其中。身在出版系统，他参与农家书屋的建设，为实现农民有书可读献策献力。书中收录的多篇文章，显示了一个爱书人干预现实生活的热情与能力。比如《西红柿滞销后的联想》与《华山及其精神对民风民情的影响》，资料翔实，见解深刻，让人茅塞顿开。

书名"人生忠告"，严肃、朴实、直接，阅读此书，我的心门时时被叩响，有回音缭绕于心间。犹如顿悟一般，我意识到这一切的爱，都有一个共同的源头，那就是生活。王新民是爱生活的，因而才会对生活处处有领悟，时时有深情，"忠告"再沉重，都是对生活之爱的支流。如果说，对生活之爱是树根的话，那么这些"忠告"就是树上长出的叶子，它们不一定四季常青，会随着季节的变化而有多番面貌。就像原本绿油油的叶子，夏天一过，也会泛黄，也会脱落，人生的忠告也是世易时移的。"忠告"不一定就是颠扑不破的真理，却是源于内心的真实情愫真切叮嘱。由此可以认为，此忠告实在是很可贵的。

静然耕耘，快乐收获

——读《迷恋纸月亮》随感

朱亚莉

对于文学，自己算是半个爱好者，说是半个只因虽有亲近文字之心，却不具备读书人洞明世事的悟性与睿智，只是随着作者思想转的热心读者。读而无疑，学而不问，尽信书不如无书，没出息的一味凑热闹者，最多也只能算半个爱好者。

小城的文学圈子并不大，相互间虽多不甚了解，但提起名字大都会略知一二。书卷给了喜书者相聚的理由和机会，无论何时何地相遇，都使人多了份自然的亲切感和话题。同时大家也会让书卷流动起来，并分享交流阅读的体验和创作的动力。圈子里谁有了新书出版，在恭祝及互相转告的同时，偶尔有幸也会讨得一本或是得到签赠。

收到本土青年作家胡忠伟新出的《迷恋纸月亮》时，我颇感意外，看着题有"朱亚莉女士闲览"字样的书，有种无名小卒承蒙厚待之感。对于他的文字，从多年前看朋友转赠的《未带走的嫁妆》起就开始关注了。深厚的文字功底，简练明

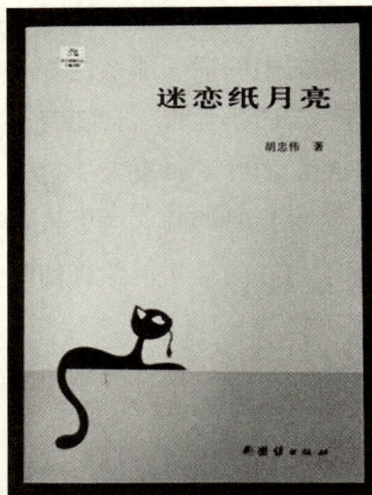

快的文风，把生活的酸、甜、苦、辣，体味成如诗的行板，成为我学习的标榜。后与其人在"陕西作家走进彬县读书笔会"上认识，年龄与印象中相差甚远，年轻却成熟稳重，入流却不迎合，每天匆促赶来，专心致志做着笔记，总是很忙碌的样子。之后几年里，我常居无定所，四处奔波，圈子里越来越生疏，也很少再碰见他，倒是常从报刊、书讯中得知他新作不断，是同行中的高产作家。每当看到他在勤奋努力中收获着丰硕，羡慕之余多是钦佩他的坚韧与毅力。能在如此功利浮躁的社会，安于一隅，持之以恒在方格稿纸间静静书写生命华章的人毕竟越来越少，把文学当作信仰如此虔诚伏案耕耘者更是凤毛麟角。

　　打开封面简约、清雅的书卷，清泉般流淌着干净的文字，带着自己总结出的读书方式方法，享受着读书的乐趣，汲取到一个个奇绝才俊的文思精华，获得了力量和温暖的陶醉。从对他文学道路上最具影响力、著作等身的贾平凹先生作品中，诚实地接受浸染，如此读书阅世，让满纸飘香。我深切感到，他在清风朗月中用温润的笔触独舞，让生命的厚度与宽度又增加了一分。我这人过四十不学艺，即便有闲暇哪怕朝看云霞暮看山，日渐苍白枯竭的灵魂，在作者其乐融融的读书、买书、话书、赠书的大自在大欢乐中跟着活跃起来。惑寻师解，好书集圣智，他在书中品评的名家作品，我开始想要收入自己囊中了，也许学到一定程度，简单肤浅自会少之一分。

　　在《多挣稿费多买书》中他说："真正喜欢读书的人，会把读书化作生命的一分子，融入做人做学问当中。"从而看出他是一个多么爱读书和善读书的人。他说："寻访到一本可心的好书，绝不逊于街头遇见了情人一般，让人心花怒放；

捧好书一本，寻静谧一隅，在沁人的书香中沉潜于心，读到精彩处，或耳热心跳，或神游四方，或醍醐灌顶，或掩卷深思……这样的生命状态让人觉得充实；沉浸在文字营造的书香中，尤其当把身心交于古人，交于大家，与他们对话时，那种掩卷会心的愉悦是难以形容的。"生活中，我们总在抱怨人境的逼仄，精神世界的空虚，于喧嚣中愈是追逐快乐，愈是远离。殊不知"读书足以怡情，足以博彩，足以长才"，让人脱离颓废和自卑。他的聪明就在于从小就爱上读书买书，继而写作，在春华秋实中让书香弥漫，用知识改变了命运，用一部部作品不断垫起从大山里走出的人生坦途。

在"迷恋纸月亮"辑中看到，他每读一本书都要写出一篇读书笔记来，这是一个难得的好习惯！这样的勤奋令我汗颜。在我常以各种理由为自己没成就开脱时，回头才明白双手插在口袋，不只爬不上成功的梯子，日子还会越来越浑浑噩噩！

董桥说，爱书爱纸的人等于迷恋天上的月亮。胡忠伟工作之余挤时间在"纸月亮"中集思广征，取人之长补己之短，完满着自己。孙犁说："人之一生，或是作家一生，要能经受得清苦和寂寞，经受得污蔑和凌辱。在这条道路上，冷也能安得，热也能处得，风里也来得，雨里也去得。"他清寂中的坚守，个人意识的克制，是不想轻薄年华的馈赠还是笔端担道义的使命使然呢！不论何种，看得出他在写作生活中不平庸，不空虚，不沦于尘俗，生命在心灵绽放中获得意义。

一个喜读书的人，心里总有许多与书、与仰慕的作者的情缘，他说在他喜爱的散文大家中，贾平凹位居第一。他用一辑来品评"这位才子型作家"，可见喜之并非一般。他说："我就是一个贾迷。我喜欢读贾平凹的书，尤其是他的散文。一是佩服他的才气和智慧。在他硕大的脑袋里，蕴藏着无穷的人生智慧。只要开发，就会汩汩滔滔。二是惊叹他的语言。贾是语言大师，一样的文字在他的笔下可以生花，绚烂至极，又平淡至极。最突出的特点就是平实简约，清新婉丽。语言上决不枝枝蔓蔓，拖泥带水。三是叹服他的宁静。一个人成功的因素固然有多种，但有一点是值得充分肯定的，那就是这个人的禀性天赋和他处世的态度。古人讲，淡泊明志，宁静致远。贾就是一个宁静的人，他守住了自己，正如他自己所说'心系一处，守口如瓶'一样。他不仅守住了口，更重要的是守住了内心。他更像一位辛勤劳作的农民，在自己的田地里，不紧不慢，扎实地耕耘着，宁静地诉说着。"他诚实地在晨昏里接受着贾平凹、董桥等名家才情文风的浸染，学而有悟，把所学转化到能力中，不断提升着自己。从他的作品中可窥出其人其文都受名家影响，他之出类拔萃势在必然。

胡忠伟从迷恋上"纸月亮"那天起，就用智慧的灯盏点亮了前行的道路，他在静然耕耘，快乐收获中，用诗意与活力丰盈着他的人生。愿他在文学的道路上越走越远!

名人自传中的"小"历史

——读张倩仪《再见童年》

毛本栋

　　一直都爱读名人传记，只要一碰到感兴趣的名人传记，我就会全身心去读，读完后久久沉浸于传主的人生经历和精神世界中，自有别样的满足、惬意与美妙。出于对传记文学的热爱，我曾多年连续订阅《人物》《传记文学》《南方人物周刊》等刊物。平生第一本名人传记，是我上初二时在一家小书店里买来读的胡适的《四十自述》，系"中国现代散文名家名作原版库"之一种，简体竖排本，薄薄一小册。读后给我留下了深刻印象和美好记忆，后来多次重读，由此爱上读名人自传。颇感巧合的是，胡适正是提倡现代中国传记文学的第一人。

　　近读香港学者张倩仪的《再见童年》（世界图书出版公司，2012年2月版），方知有那么多名人自传我没读过，不禁惊讶于她读得那么丰富，那么精细，那么系统。仅据《再见童年》书中所提及的来算，张倩仪已读过150多位历史文化名人的自传，这些名人多出生于1828—1938年间，分别来自文化、

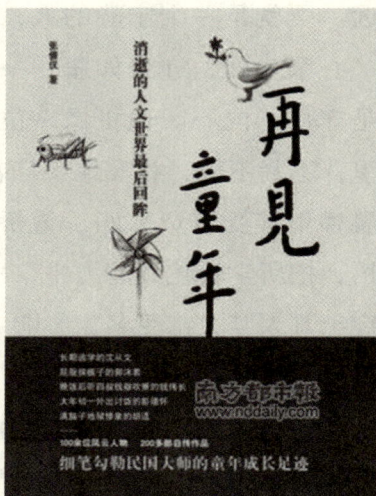

艺术、科教、经济、政治、军事等领域，如胡适、蒋梦麟、蒋廷黻、冯友兰、沈从文、赵元任、包天笑、王若望、齐如山、浦薛凤、曾宝荪、萧公权、杨亮功、雷啸岑、黎东方、陈布雷、王安、张治中、郑洞国等。这一百多年间，时代更迭、新旧交替之快，中西文化冲突之烈，涌现出的历史文化名人之多，在中国历史上前所未见。所以，研读这一段独特的历史时期出生的名人的自传，就有着非同一般的历史和现实的意义。这些名人自传，诚为一笔不菲的文化遗产。细心的作者，在书后为我们列出了一张中国近现代名人自传、回忆录书目表，详尽标明传主、书名、原载刊物或出版社，出版年月，可以按图索骥地找来读。

自传比他人写的传记多了一种切肤之感，150多位近现代名人自传的分量不言而喻，它们承载着中国一百多年的真实而亲切的历史记忆，这些记忆鲜活得可触可感，远比一些历史教科书要可亲可爱。而张倩仪关注和研究的只是这些传主的童年记忆，凝眸的只是这些传主的童年背影。物换星移，时过境迁，回过头来看，来自生命之初的呼吸和心跳，总是牵扯和撩拨着传主一生的记忆之弦。这些名人留下的回忆文字，虽不能反映他们各自所处时代的全部特征，但当这些点组成一个个面时，就形成了一个个鲜活生动的时代缩影，这些缩影又叠合成一个立体的历史记忆。作为一个文史和教育学者，张倩仪从这些自传中捕捉他们童年的一言一行、一事一物之微，条分缕析串联组合，如实活现了中国传统社会流传有序、行之久远的生活形态，及其经西风美雨的洗礼而一去不复返的历程。

一个人的成长和成才，童年的教育起着关键性作用，童年的学习生活往往成了难忘的记忆，是童年背影中的浓墨重彩的一笔。故此，《再见童年》全书侧重于关注和研究近现代名人的童年教育，第一辑《教育篇》占据了全书三分之一强的篇幅，穿插名人自传中的回忆文字，发掘再现中国传统学塾的教学情境，研究阐述学塾教育形态的形成、发展、消失的原因和历程。最终以新学堂和女学的兴起，宣告了传统学塾的衰败，新一代人的童年教育因之迎来新的面貌。书中还从"家族""环境""游戏和工作""前途""宗教"等层面，以叙述和论述的笔调，夹引夹述，精彩呈现民国大师们色彩丰富、形态各异、情趣盎然的童年生活，细笔勾勒他们的童年成长足迹。

《再见童年》虽只舀取中国历史长河的一个片段的"小"历史，却把握住了滚滚水流之下的脉动。

湘西社会大变革的前夜

——沈从文长篇小说《长河》读后

洪砾漠

　　二十多年前，即1989年春夏之间，我在武汉重型机厂当农民工，住在该厂青鱼咀单身宿舍区内。宿舍区有一个管理办公室，当时设立了一个文化室，就在我住的那栋楼房对面（大约为南侧）。文化室里有一台大型彩色电视机，有专门的电视放映室(有十多排长板凳作为观众的座位)，有图书借阅室。借阅图书，不用办理借阅证件，每次只可以借阅一册图书。这些图书都是旧版本，我估计原来都是武重文化站的藏书，经过有关部门协商转赠给单身职工管理办公室的。其中，有两种版本的《沈从文小说选集》，我都借阅了。这两种小说选集，好像只有一种有长篇《长河》（选录了沈从文1943年2月23日改毕《〈长河〉题记》）。《〈长河〉题记》，我认真阅读过，正文（小说文本）只读了《人与地》《秋（动中有静）》《橘子园主人和一个老水手》等部分，就停止阅读了。

　　一搁就是二十多年。今年3月5日中午，我在湖南省凤凰县古城内的中营街26号沈从文故居参观后，在售书处选购了三本书。分别是：①沈从文著，黄永玉、卓雅插图《长河》（北岳文艺出版社，2002年4月第1版，2008年3月第6次印刷，定价14元）；②沈从文著，刘红庆编《中国人的病》（新星出版社，2011年9月第1版，2013年2月第4次印刷，定价28元）；

③王亚蓉编《沈从文晚年口述》（陕西师范大学出版社，2003年10月第1版，2004年4月第2次印刷，定价28元）。还花了5元人民币买了一本书法作品《湿湿的想念》（沈红撰文，滕建庚写字）。

　　最近，我细读了北岳文艺出版社出版的单行本《长河》，觉得二十多年前放弃了《长河》的阅读实在可惜。

　　目前我们阅读《长河》的文本实际上是沈从文原来构思的长篇小说《长河》的第一部；第二部因故，沈从文没有写出来。第一部的文字已经将湘西社会大变革前夜的景象描述得非常清晰、细腻，社会各种矛盾集结在萝卜溪橘子园主人滕长顺一家人身上，冲突已经剑拔弩张似地暗藏在貌似平静的社会生活中。这部小说的故事情节其实非常隐晦曲折。读者阅读时总感觉悬念特多，如当地保安队长在收获橘子的季节想平白无故地敲诈滕长顺家里一船橘子，然后运往常德或长沙发一笔小小的额外钱财。保安队长一计不成，又对滕长顺的小女儿夭夭暗中起了不良之心，欲将其网罗到自己的势力范围内。夭夭和三哥（三黑子）已经对保安队长心存戒备，小心提防着保安队长的伤害。三黑子更是血气方刚的船运方面的水手，甚至在内心暗中谋划对保安队长先下狠手（俗话说先下手为强）……

　　《长河》的时代背景是1934年蒋介石和宋美龄提倡并发起的新生活运动。1934年2月19日，蒋介石在南昌行营举行扩大的总理（孙中山）纪念周，在会上发表了题为"新生活运动之要义"的讲话。他对这个运动的解释是："国家民族之复兴不在武力之强大，而在国民知识道德之高超"；"提高国民知识道德，在于一般国民衣食住行能整齐、清洁、简单、朴素，过一种合乎礼义廉耻的新生活"。当日，在南昌成立了新生活运动促进会，蒋介石亲自担任会长，并首先以江西为重点地区开展新生活运动，企图"改革受共产党影响最甚的江西苏区的人心"，然后再将这个运动推广到全国。3月17日，南京成立了新生活运动促进会（参见宋平著《蒋介石生平》，吉林人民出版社1988年6月第1版，1995年7月第2次印刷，第341、342、642页）。

冯玉祥先生在评价蒋介石的新生活运动时说："其实，新生活是说着骗人的。比如新生活不准打牌，但只有听见说蒋介石来了，才把麻将牌收到抽屉里……又如新生活不准大吃大喝，普通人吃一桌饭只花八块钱，蒋介石左右的大官吃一桌饭约六十元，总是燕窝席、鱼翅席。不但大官是这样奢侈，大官的女人、奴才也是这样……这些奢侈生活，蒋介石并不是不知道，他知道得很清楚，只是不要说穿，说穿了，他就不能骗人……无论哪件事都能证明蒋介石是利用新生活的名称来骗人。实在说起来，蒋介石一生就决没有实行新生活的。看看现在实在情形，再拿他找人写的几十本小书来看，就知道满没有这么回子事。那些书的名字，什么新生活与军事，新生活与政治，新生活这个，与那个，几十个名堂，事实证明是什么？政治是腐败到极点，军事是无能到极点，经济是贪污到极点，文化是摧毁到极点……"（宋平著《蒋介石生平》，第341、342页，原出处为冯玉祥著《我所认识的蒋介石》之第204页）

蒋介石和宋美龄提倡新生活运动的初衷是与蒋介石倡导的中华民族复兴论一脉相承的。复兴论强调：礼、义、廉、耻，国之四维；四维既张，国乃复兴。至于新生活运动推行过程中出现如冯玉祥一针见血地指出的那些问题，也不容忽视。我们后人也没有掩饰历史事实的必要。

湘西地处偏僻的湘、川、贵边界，"新生活"的消息传到《长河》所写的湘西吕家坪的时候，已经是1934年秋收季节，正是橘子园主人收获丰收了的橘子的时候。

　　沈从文在《长河》里描述过的人物大半很难用阶级和阶级斗争理论及其观点来评判。比如，萝卜溪橘子园主人滕长顺应该算开明地主、船主、绅士，可又不是当时闹革命的共产党和红军的斗争对象，他和普通老百姓一样受着帝国主义、封建主义和官僚资本主义三座大山的压迫和剥削，他本身的利益又在一定程度上代表着封建社会中下层地主阶级的利益。可是，他作为一家之主，直接受着经常下来调查民情的"委员"们的威胁和欺骗，受到地方上的杂牌军队和保安队的威胁和欺压。他家庭里的成员，如夫人、儿子、儿媳、两个女儿，个个贤惠、善良、勤劳，对待仆役和临时来家里打工的贫苦农民百般体恤（预备甜米酒一缸，让采摘橘子的人饮用一事就是明显的证据）。他的儿子"三黑子"和许多吃水上饭的水手一样长年劳累奔波在外，回家听说保安队长敲诈他家未遂的事情后，内心怒火中烧，强压着愤怒的复仇火焰……

　　沈从文在《长河》里着笔墨较多的人物还有吕家坪商会会长、枫树坳守祠堂的老头满满、滕长顺的三女儿夭夭。满满在青年和中年时期是一个像眼前的三黑子一样身强体壮的水手，争强好胜，吃"水上飘"(船运)饭，接近老年的时候，运货的船在青浪滩翻船了，幸亏命大，从水里拣回了一条性命。满满其实是三黑子未来命运的一个暗示性人物，或者说许许多多像三黑子这样的年轻水手到了老年时期都有可能成为"满满"类型的人物。用天命论和宿命论来解释湘西水手们的命运最具有说服力。正因为这样，满满将夭夭、三黑子当作自己的亲生儿女一样，不但关注新生活运动给湘西带来怎样的景象，也关注着夭夭和三黑子眼下的景况和将来的命运。假如夭夭不幸落入了保安队长的势力范围里，满满有可能要联合三黑子等人一起对保安队长进行凶狠的报复。满满和夭夭、三黑子的感情如同甜蜜的天伦人情一样，我认为这是沈从文写作《长河》最成功的地方。

关于《长河》里的人物分析，我想到此为止。

我觉得《长河》和沈从文的散文集《湘行散记》《湘西》，以及传记《从文自传》，包括《边城》等中短篇小说，简直像纪实性很强的湘西社会生活百科全书。

北岳文艺出版社版《长河》的第188—200页为沈从文1944年12月至1945年1月为《长河》写的注释，题作"《长河》自注"。编者说："1944年12月间，沈从文先生校读文聚版土纸本《长河》，十分细致地为自己这一作品加批了大量注释。如此作法，就沈从文来说，属绝无仅有，惜未见出版。五十年过去，此校读本竟得以保留，沈先生用毛笔写下的如蚁批注亦尚能辨认，幸甚！现一一照录，单列为篇，以飨读者。"细读"《长河》自注"，我觉得《长河》纪实性色彩十分强烈，甚至萌生出要亲自到湘西辰溪、凤凰、桃源等县及乡村作实地调研的念头。比如，沈从文在《橘子园主人和一个老水手》一章中说："吕家坪离辰溪县约一百四十里"，自注说"事实上只七十里"，由此看来，吕家坪是一个实打实有的地方，那么枫树坳、萝卜溪等地名是真实的地方还是沈从文虚拟的呢？特别是经过抗日战争、解放战争、土地改革、"文革"中的"农业学大寨"运动之后，《长河》里写到的地理环境有多少保存下来了呢？

我之所以做出如此想法，还得益于舒乙所著传记《作家老舍》（中国青年出版社，2014年9月版）一书中的一篇文章《〈正红旗下〉中的地理环境》。舒乙在这篇文章中比较详细地列出了老舍长篇小说《正红旗下》里写到的地名在北京城区及其郊区的具体方位或大致范围，这是一般研究工作者无法企及的工作。我希望80岁的舒乙先生继续从事这方面的研究工作，将老舍《四世同堂》《骆驼祥子》等小说的地理环境勾画出来，这将是研究老舍文化遗产工作中功德无量的事情。

那么，对沈从文长篇小说《长河》以及其他小说(如《边城》《丈夫》等等)作实地调研工作同样是沈从文研究领域最繁难而又功德无量的事情。"微斯人，吾谁与归？"就用范仲淹《岳阳楼记》的末尾一句作为本篇文学笔记的结尾吧！

永远生长的苗

——《田苗国画作品精选》带给我的感动

姜　莉

　　记忆中，中学以后，就很少再包书皮了。生活里一直也有书籍相伴，但几乎想不起给书穿一层外衣去多一份爱惜。直到获赠友人田苗的一本画集。拿在手上，由不得的，立即想要保护珍藏起来。封面是张淡雅朦胧的紫调子工笔花鸟。密密匝匝的枝叶里，隐现栖息着几只闲适的小鸟。颜色里，紫色最挑剔、最不好搭，画面上却是多种颜色自然融合进浓妆淡抹的紫色花丛。静静地，净净的。注视片刻，心也就循着这片如梦如幻的紫色走进一个个纯净空灵的花鸟世界。

　　田苗本是油画专业，在张掖市书画院工作后开始转画国画，主攻工笔花鸟，兼动物鱼虫。她勤学敏思，在绘画方面又有天资悟性。一方面有着扎实的油画造型功底，工笔画色彩运用灵活丰富；另一方面笔法与技法娴熟老道，具有鲜明的个人特色。她非常善于捕捉生活里点滴的美好，又博采众长。十余年间，田苗的绘画水平一直保持稳定向上的跨越式发展，作品也在国内美展屡屡获奖。其画风清新细腻，画作情感表达丰富。不论是两米见宽的大作，还是玲珑雅致的小品，都在淡雅素净中透着沉稳，含蓄而不失大气。

　　细细品读这本书中的每一张画作，枝枝叶叶，花开花落，隽永、温婉。无不契合着作者秀外慧中的气质，真可谓文若其人，画若其心。在这本集子里，看不到妖无格的芍药，也见不到净少情的芙蕖，作者更钟情于那些不知名的寂寂花草。她创作的《烂漫山花系列》真是让人过目不忘，百赏不厌。那是些常常让人熟视而无睹的野花野草。年复一年，它们一簇簇毫不吝惜地生长、绽放、枯萎，无人问津却又不以无人而不芳。它们繁盛却又默默的装点在花园角落、篱笆墙头、林间小路，陪人们走过一个又一个季节。

忽然想起一件趣事，有天清早晨练，田苗发现郊外的一处地里开着许多少见的绿色绒花，就上前细看，原来是一片大葱地，葱心里窜出竖直的花杆，高高的顶着一个个葱绿的小花球。画家的敏感立刻要把这美好带到宣纸上与众人分享。第二天田苗专门带了相机去老地方"采风"，却不想物是花非。正在怔怔地四下寻觅间，引起了庄稼地里老农的警惕，反问她是干啥的？一打听，头天傍晚老农把葱花全割了，悔得田苗在地边直跺脚："哎呀老伯！你咋给割了呀？怎么不等等我呀？！""啊？！"这回老农怔怔地呆住了……

画集的尾页是一张名为《蒹葭苍苍 白露为霜》的画作。可能是因了芦苇腹中空空，芦花轻漫的"名声"，画界很少有专绘芦苇之作。曾有古诗赞张掖"半城芦苇半城塔影"，这张画即是描绘张掖湿地之景。苍苍芦苇，丛丛密麻地逆风而立。其杆挺拔，似有气节的名士般清高独立；其叶锐利，似一把把小匕首刺出锋芒！像极了阅兵式上紧握刀枪的士兵！

不厚的一本集子，内容较完整的体现了田苗的工笔画特点和创作历程。也能表现出作者在工笔画上大胆而谨慎的探索与尝试。合上书卷，透过手指的抚摸，有一种感动渐渐地穿过纸张传递上来，我能感受得到，旁的与此书有缘的人也定能感受得到：那是一种柔柔而坚定的力量，一种像田地里的禾苗破土而出向上生长的力量。带着朝气，带着对未知世界的探索，这株年轻娇嫩的苗呀，焕发着欣欣向荣的生长力！

书中，作者在随想中这样写道："画画是寻找自己另一半的生命之旅。平凡绝不是简单，看似平淡，却常常隐蓄着某种势不可挡的力量。"我想，这也是田苗自身真实的写照，人淡如菊的纤纤女子，却带着无限生机。不知道这株苗儿将来会成长成参天大树还是阆苑仙葩，只是她会一直生长着，并影响着和她结交的每一个人，与之一起前行，向上！

开卷有学问

曾纪鑫

　　提及开卷，大家的第一反应，可能就是"开卷有益"。这一成语源于北宋王辟之史料笔记《渑水燕谈录》卷六：宋太宗日阅《御览》三卷，因事有缺，暇日追补之。尝曰："开卷有益，朕不以为劳也。"

　　自此，"开卷有益"一传就是1000多年。传到科技发达、媒体多元、信息密集的今天，只要我们认真打量、稍加审视，便不难发现，开卷未必全有益。

　　那些诲淫诲盗、低级趣味、观点偏颇、知识错误的书，开卷不仅无益，反而有害身心健康。对此，俄国著名哲学家、文学评论家别林斯基说道："不好的书告诉你错误的概念，使无知者变得更无知。"又说："阅读一本不适合自己阅读的书，比不阅读还要坏。我们必须学会这样一种本领：选择最有价值、最适合自己所需要的读物。"

　　如果把个体比作一台运行的电脑，有害书籍则如电脑病毒，病毒猖獗，将侵害电脑运行系统，出现乱码、黑屏、死机等状态。可见开卷之时，选择十分重要，既要避开引人误入歧途的坏书，又得挑选适合自己的好书。

　　不同的书籍，于不同年龄、不同阅历、不同层次的读者而言，其作用大相径庭。过去一直流行"少不看《水浒》，老不看《三国》"之说，仔细想想，还是有一定道理的。《水浒传》中的一百单八将，肝胆侠义，动不动就舞棒弄枪、打打杀杀，热血沸腾的少年，看得多了，自然会跃跃欲试，弄不好就会惹出一身麻烦；而《三国演义》中的争斗较量，多以智慧、权谋、计策取胜，人年纪一大，激情减少，阳刚渐失，血性不再，长期浸润其中，年迈之人会变得更加阴柔内敛，对身体、生命会产生一定的负面影响。

关于不同年龄阶段的阅读，张潮在《幽梦影》中写道："少年读书，如隙中窥月；中年读书，如庭中望月；老年读书，如台上玩月。皆以阅历之深浅为所得之深浅耳。"如果错位，青少年看了适合老年人读的书，要么不得要领，要么染上暮气，这种开卷，即便无害，也谈不上多么有益。

况且不少书籍，良莠不齐，利害参半，这就需要我们具备一定的鉴别能力。这种能力并非天生，而是后天培养而成。应多看那些有定评的名著，或师友推荐的好书。久而久之，心中就积累了一股知识的"正能量"，具备了一定的免疫能力。

不过呢，即使读那些名著，也要注意摄取的角度。比如《红楼梦》，鲁迅先生便说，"单是命意，就因读者的眼光而有种种：经学家看见《易》，道学家看见淫，才子看见缠绵，革命家看见排满，流言家看见宫闱秘事"。我们阅后，也不妨看看自己的眼光如何，究竟看见了一些什么？答案自然不一，若与鲁迅先生所说的不同人物看见的那些物事作一比较，便可衡量一个人的精神追求、价值取向以及心理健康程度。

仍以《红楼梦》为例，有关此书的节编本、缩编本、改编本、点评本、以及论著不计其数，作为入门读物了解一下未尝不可，但如果仅仅停留于这些外围读物却不阅读原著，就永远进入不了《红楼梦》的"内核"。并且这些阐释性的读物，不少言不及义，甚至出现舛错，会引人走向误区。

因此，开卷要抓住要义与核心，要有选择，例如名著要看原作。"取乎其上，得乎其中"。开卷的选择，在某种程度决定着一个人的阅读习惯与人生品位。

还有一种书籍，虽然无害，但信息过时、内容芜杂，徒增大脑负担。现代人节奏快、时间宝贵，这样的书偶一涉之，当然无所谓，但看得多了，就会增加大脑负荷，影响工作生活，使自己变得平庸、落伍。

开卷有益，在于理解消化，将外在的知识、学问转化为内在的血肉。如果囫囵吞枣、一知半解，或买椟还珠、盲目吸收，或拘泥其中、运用不当，这种开卷不仅无益，反而产生十分严重的后果乃至恶果。

希特勒酷爱读书，几乎每晚都要阅读。据有关资料统计，他的个人藏书达16000多本，如今还剩1200多册。然而，希特勒的阅读不仅没有使他成为圣人或对世界有用的人，而是变成人类的敌人，一个疯狂的恶魔。希特勒的阅读，选取的知识与信息，全是为他那套邪恶理论服务的。比如他收藏、阅读麦迪逊·格兰特《伟大种族的消逝》一书，这便形成了他种族观念的基本框架。他的开卷，是为反犹太主义、武力征服世界这一思维体系服务的，不但无益，反而促使他转化为一名政治暴徒，给世界带来灾难。

可见开卷之时，良好的心态、开阔的胸怀、美好的情操、崇高的理想十分重要。

开卷不能本末倒置。如果为知识而知识，将成为不食人间烟火的"书呆子"。

开卷不要贪多求全。如果东翻一本西翻一册，东一榔头西一斧头，走马观花，浅尝辄止，就永远是"开卷"，是快餐，是速食，会导致营养不良。

开卷不能盲目跟风。如果流行什么就读什么，不仅变得平面、平庸没有个性，肯定也成不了多大"气候"。

一个人的思想内涵、素质修养、行事风格等，与阅读密切相关。读什么样的书，如何开卷，不仅有学问，且学问甚大，不可不慎。这就需要我们开卷有疑，培养自己的独特个性、思考能力与鉴别能力。

开卷一定要选好书，至少是无害的书，找准适合自己的书，绝对不能读坏书！

话说"手读"

曹宝龄

一看题目，读者可能会这么说："闹错了"，其实没有错，这里的所谓"手读"自有一番道理。

从表面上看，读书确实是用眼而不是用手。然而，通过眼睛继而输入大脑的读书，仅仅是普遍意义上的读书，要搞研究、做学问，这种一般的、普遍意义上的读书就远远不够了。因此，要把读书的水平提高到质的飞跃阶段，就必不可少地要借助于"手读"。

所谓"手读"，是指在读书时能把观点、情节、时间用手记下来。一般讲，人在青年时期，气血旺盛，脑子灵活，读过的书，储存在脑库里，用时只消打开库门，所需的材料便会迅速地跳将出来。可是到了中老年特别是进入老境，记忆力便会逐渐退化，那些通过眼睛接受而存入脑库的东西，便会进入"睡眠"状态。任你千呼万唤，也是叫不醒的。这时候，你只能急得抓耳挠腮而没有任何法子可用，便无可奈何的仰天长叹。

读书人只有到了记不住东西的时候，才能真正认识到"手读"的好处。在这方面，我是有亲历经验的。晚唐作家杜牧，曾在《阿房宫赋》中，说过一段极有名的话，叫"秦人不暇自哀，而后人哀之，后人哀之而不鉴之，亦使后人而复哀后人也"。说的是一辈一辈的人，明知前人做的事情不对，可就只知道悲哀而不知道借鉴，最后只能陷入"一辈哀一辈"的恶性循环。杜牧这段话的意思十分深刻而精警。我在青年时代就知道它的意思，可一旦要用时，总是做不到一字不误。后来，当我用笔把它写下来，奇迹发生了，真像是有"神灵"帮助一样，什么时候用，它就迅速跳出脑库。

有位文友曾问我："为什么'手读'能够使'死'材变'活'？"我不是科学家，说不出其中的道道，只能用广大群众说的一句口头语作答，这就是"眼过千遍，不如手过一遍"。我还告诉文友，凡是通过"手读"抄下来的东西，作为实体永远在你身边放着。若是你年龄大了，记忆力确实衰退了，要用某材料时，只需翻开这实体（记事本），它就会一字不误地为你的创作服务。

1996年，我执笔创作的大型新编历史秦剧《西域情》，就是依据我的"手读"记事本的材料创做出来的。经张掖七一秦剧团演出，曾荣获中宣部第五届"五个一工程奖"，文化部第六届"文化新剧目奖"和甘肃省政府敦煌文艺奖一等奖。我常常有这么一个感觉，一些老年同志写的文章，虽然思想正确，但所举史实只能做到大致可以，而具体的时间、地点、过程却多有讹误。何也？都是凭记忆而没有做到"手读"之故。因此，我便告诉他，不要迷信自己的记忆力，记忆力是靠不住的，只要经常"手读"，就可保证不出差错。文友听了我的话，都说此法特有效，希望能介绍到广大读者中去。于是我便到处宣传，做好事一桩也。

与书为伴的路不寂寞

胡忠伟

王小波说："人生是一条寂寞的路，要有一本有趣的书来消磨旅途。"当黑夜来临，万家灯火的时候，捧读一本有趣的书的确可以消磨漫漫长夜，让一颗疲惫的心暂时有个依靠。

我喜欢静静地阅读，喜欢一个人想事情。

在我喜欢的书籍中，贾平凹的占去了许多。可以说，我就是一个贾迷。我喜欢读贾平凹的书，尤其是他的散文。一是佩服他的才气和智慧。贾是一个才子型的作家。在他硕大的脑袋里，蕴藏着无穷的人生智慧。只要开发，就会汩汩滔滔，这一点让人艳羡。二是惊叹于他的语言。贾是语言大师。同样的文字在他的笔下可以生花，绚烂至极，又平淡至极。最突出的特点就是平实简约，清新婉丽。语言上决不枝枝蔓蔓，拖泥带水。三是叹服于他的宁静。一个人成功的因素固然有多种，但有一点是值得充分肯定的，那就是这个人禀性天赋和他处世的态度。古人讲，淡泊明志，宁静致远。贾就是一个宁静的人，他守住了自己，正如他自己所说"心系一处，守口如瓶"一样，他不仅守住了口，更重要的是守住了内心。他更像一位辛勤劳作的农民，在自己的田地里，不紧不慢，扎实地耕耘着，宁静地诉说着。

2006年第6期《美文》杂志，杨瑛的《繁华，不过是一掬细沙》里这样说："那波澜不起的宁静，才是生活的主流。一切的辉煌只不过是过眼烟云。其实这个道理许多人都懂，只是很难把握。人很难有勇气让自己处于归零的位置。"想想也是。人有时候真的很难把握自己，一些事情，仿佛不是自己能够作主的，似乎有更多的外力推动着它、左右着它、主导着它，总不能静下心来，读书，做自己喜欢的事儿。在这样的状态下，人容易迷失自己。所以，当我们浮躁、彷徨、不安的时候，何不把自己的心交给书本呢？静静地、一个人、一杯茶、一本书，这样的时光一定会使你内心宁静……

第三辑　书　缘

书　缘

李　纲

　　今生不幸与书结缘。

　　古人说的好，百无一用是书生。在这个过分强调以物质为基础的时代，"读书"也许真的已是一件极其奢侈而又无聊的事。社会上不是早就流传"有情就喝酒，无聊才读书"的说法吗？

　　记得师范毕业时，曾在同学的留言簿上题写过这样的人生信条："读万卷书，行万里路！"而今回首，则万卷书读矣，然万里路渺渺——盖囊中羞涩也！如今出行的路，是要用花花绿绿的钞票来铺就的。但今生既然与书有缘，便结缘，惜缘，无悔！

　　于书，最早的记忆，是在三岁抑或四岁时吧。那时，因为父亲的缘故，我们举家从新疆回迁，在火车上，母亲给两个哥哥买了本小人书。至今，我仍清楚地记得那书的名字——《宋江是个投降派》，还有封面上画着的一个很猥琐的人，正爬在一根大的柱子上，伸着长毛的黑手，摘了"聚义厅"的牌匾往上换"忠义堂"。后来，读了一些书，才知道了这本小册子的源头——《水浒传》，并深深地爱上了它，也知道了那个"宋江"绝不是一个简单的"投降派"所能概括的。时至今日，我还常常在想，是不是正是这本小册子让我与书结缘的呢？这是不是就是人生所谓的宿命呢？但从此，书却在我的生命中，打开了一扇瞭望世界、解读人生的窗口，让我感受到一个多姿多彩的世界。

　　我的童年是在贫困中度过的。在那个物质匮乏的年代，书是那样的弥足珍贵。而我的幸，在于大哥是个爱书的人。我不知他从哪里弄来的书，但"近水楼台先得月"，我迫不及待地与他分享着有书可读的快乐。那时，于我而言，小人书就是最易得也最好懂的。什么"四大名著"，各类"民间传说"，等等这些，最先都是在小人书中得以认识的。记忆中的那些连环画、小人书是美好的。那时的连环画和小人书全都是手绘的本子，每一页似乎都是一幅不错的风景或人物画，让人爱不释手，流连忘返。记得上小学时，我就曾用作业本上剩余的纸，完整地描摹过一整套的《三毛流浪记》，可见喜欢之深了。再看而今的连环画，本来数量就很少，大概更多的也只是个别人抽屉中用来收藏炫耀的商品了；即或流通的那些极少数吧，也要么是影视剧的翻印，要么是舶来品的卡通图拼，了无意趣，让人不能不感慨连环画的今不如昔了。

　　上小学三年级时，一位家在部队的同学送给了我两套书，一套是《诸葛亮传》，另一套是《西游记》。这是两部旧书，书页大都泛黄了，还有很多繁体字。其中，那部《西游记》的前面还套印有很多黑体的"毛主席语录"。我不知道自己当时是怎么啃下这两部书的，但这是我真正读大部头作品的开始，也是我自己拥有的第一部藏书。可惜初中时，犯了次人类喜新厌旧的通病，把它们作废纸给卖了，留下了一段深以为憾的记忆。不过，从此以后，沿着中国古典小说的路子，我一路"踏"下去，再也没有回头。

　　到初中时，我已成了不折不扣嗜书如命的人，原来读书也是可以上瘾的。这期间，我曾一度迷恋过一阵子"武侠小说"。大约整整有一年的光景吧，我夜以继日，废寝忘食，真正是"两耳不闻窗外事，一心只读武侠书"。在痴迷"武侠"时，我曾创下一天一夜一本书的辉煌纪录，金庸先生不幸成了第一个被我通读了全部作品的作家。"武侠"给予我的究竟是什么呢？我说不大清楚，大约是一种阅读的快感吧。而我自己，最显著的收获便是戴了一副高度近视的眼镜。"书生"之名，从此名副其实矣！去年在一期《文友》杂志上读到一篇批评金庸作品的文章，其中讲"武侠作品情节"的部分，大意说所谓"武侠"情节，不外是遭灭门之灾，孤男或寡女避祸于深山幽谷，意外学获什么盖世神功，而后重出江湖……云云。不由叹服，真一语中的也，是真知"武侠"者！

我自幼偏好唐诗，零零星星也背了不少。初三时，一阕毛主席的《沁园春·雪》，猛地让我窥见了词之魅力，从此，对词爱得一发不可收拾。那一年，我是行也宋词，睡也宋词，为"词"消得人憔悴！我囫囵吞枣地读完了一大卷的《全宋词》，学会了闲愁浅恨。其间抄过不少词，大约有四五个笔记本吧！后来因为读得太快，渐觉有些不支，情急之下，便用偷梁换柱之法，将学校图书室的一本《宋词选注》中的绝大多数篇章给"窃"了出来。还书时，我真怕图书管理员翻书。因为只要一翻，我的如意算盘就要全都落空。幸好，那图书管理员是个只问其外不计其中的家伙，他只是看了看书的封面，并没有怀疑书的"肠子"已经被我调包了，这让我少了许多难堪。但如今想来，却是实在不应该。毕竟，我不是孔乙己，我不能用"窃书不算偷"的理论来为自己的不道德行为做伪装、打搪塞。自学本科时，做论文答辩，我选择的便是苏轼词研究，这让我有机会深深地过了一把宋词瘾。工作日久，我感到社会的凡俗，几乎要榨干了自己的灵性。一个偶然的机会，我接触了纳兰词，竟一下子喜欢上了它。每天夜里，在床头倚枕读上一两阙，我浮躁的心情就会沉静下来。有人说，纳兰词太忧郁、太低沉，但我读的正是这种真切的性情啊，哪怕是痛，哪怕是泪！也总比行尸走肉的无知无觉要好。

三毛有篇文章叫《逃学为读书》，而我却是读书为偷懒。为生活计，我们小时候总是要帮家里干许多活的。而令我头疼的是，那些活似乎"无穷尽焉"！后来我发现，只要我拿起书本，父母再忙、再累，一般是不会打扰我的。于是，为了偷懒，我推了饭碗便拿起书去读。不自觉地，竟养成了一种习惯，最终融会成我性情中不可卸去的一部分。上初中时，学业渐紧，父母一度开始禁止我读"闲书"。我便把要看的"闲书"包了书皮，写上"语文""代数""几何"之类的名字，然后堂而皇之地摆在书桌的架子上瞒天过海。我想，我的父母无论如何也不会想到，他们的小儿子是如此应对他们的关心和信任的。而我要感谢的是，正是父母的疏忽大意，成就了我扎实的语文功底，使我在后来的语文学习中始终能轻松应对。现在，每当看到有学生说语文如何如何吃力时，我便想对他说：多读些书吧，语文的功夫在课外！

初二时，父亲的猝然离世，我上高中读大学的梦一夜之间成为泡影。在真实得不能再真实的生活面前，我的求学之路只能是选择师范，因为只有师范是国家承担费用的。永远不能忘记，那个大雨瓢泼的日子，我和娘背着一个大而空的木箱子，去那个不想去却又别无选择的学校。那时，我的心是凄凉的，但我的心中有一个坚定的信念：读书！读书！

三年的中师生活，是一片灰色和压抑。但三年来，我坚持不懈地读了大量的外国文学作品，《复活》《简·爱》

《巴黎圣母院》《生活在别处》……那是一段我集中了所有注意力去攻读外国作品的日子，那是我读书以来的一次刻意努力。毕业时，望着满满一木箱的书，我第一次有了一种沉甸甸的成就感。我几乎为自己感动得要流泪。要知道，这些书，都是我从每周的生活费中节省出来的呵！三年求学，回家时，我终于不再背着空空的行囊。

参加工作后，终于有了可以买书的固定收入。尽管工资微薄，而且书价飞涨，人情债又多，但正如烟民对烟的不可抗拒一样，书是我无法舍弃的选择。多年来，我如燕子垒窝般买书、读书，终于能够坐拥半壁书城，让平庸的生活有了一点亮丽的底色。我清楚地记得，在我踏上工作岗位后的第一天，放学后，在满校园的清寂里，我拿了书坐在宿舍门前看。其他的同事伙聚在办公室前玩扑克。或许是我的不入流吧，我分明听到他们的讥嘲和嗤笑，仿佛读书是一件多么不齿的事情。但我并不畏缩，我自读书，任庭前花开花落，任天上云卷云舒。不知何时，周围的同事们也渐渐地开始读书、谈书。很多时候，我们坐在一起为某本书、某个作家而争论时，我的心是快乐的、满足的，我为自己的执着能产生这样的影响而高兴。

后来，我又被调到一所比较偏远的村小任教。每日放学后，偌大的校园里常常只有我一个人。其他同事大多家在乡村，他们总是要匆匆赶回家去，做一些我所不熟悉的农活。于是，读书便成了我陪伴清寂的最大快乐。一日黄昏，我蜷缩在床上读兴正浓，有一同事推门进来，见我这样，非常惊讶地说："一个人，怎么能蹲住呢？"我淡然一笑，说："一个人，怎么就蹲不住了呢？"是呵，不爱书的人，不读书的人，又怎么能领悟到"有味最是枕边书"的乐趣呢？那段日子，我甚至养成了这样一种习惯，读书前先洒扫净屋子，再焚一炷清香，放一段轻灵的古琴曲，把声音调到似有若无间，就着这样的氛围，让自己的心随着书中的文字流淌。那时，我真的感到，自己如教徒般虔诚，如恋人般忠贞，在一页页纸墨书香中，我被还原成一个纯粹的人。

书非买不能读也！我反对借书，也不爱借书。因为我有一边读书一边勾画的习惯，有时兴之所至，还会批注些自己的偏执之辞。于是，拿别人的书来读便放不开。而自己的妄语，又过于自怜，总是舍不得轻易弃去。所以，一般而言，只要是能够买到的书，我总是买来而读之的。我觉得，买书来读的妙处，在于没有人催，不必掂量着要还，还可以像自己的一亩三分地一样，随心所欲地种上些什么，无论是时间上，还是方式上都有着较大的自由和空间。而读书不自由，在我看来，便真的是"毋宁死"。后来有人给我大谈借书的妙处，其中之一便是异性之间可以为多见面而找到一个非常雅致的借口。好在我已婚配，对流行的滥情也不感冒。看来，要读书，也就只有买的命了！

随着年事渐长，读书已不再是年少时的"眉毛胡子一把抓"，因为已经没有了读过什么什么之类炫耀式的轻狂。如今，读书的兴致渐趋单一，趣味渐归集中。现在，一般会买些《张爱玲全集》《鲁迅全集》之类的作品来读，只是想比较全面地来透视和解读这些伟大的作家，了解他们伟大的人生。有时，因为工作的关系，也会系统地读一些比较专业化的书籍。但无论如何，读书总是使我在一天天的厚重，一天天的成熟，这却是不争的事实了。

读书路漫漫！古人是将读书与登山比而视之的，我知道自己选择的并不是一件轻松的事。但书已成为我生命中不可或缺的一部分，没有书，我的心就不能活。读书的苦与乐，正如鞋子的舒适与否只有脚知道一样，是与外人说不清，道不明的。好书伴我人生路！我相信，走过的不全是艰苦的岁月，我的生命将永远与书维系在一起。我坚信，腹有诗书气自华！时代的前进，不能没有书，也不能没有读书的人，这是我与书的缘分和相知！

愿天下多一些读书的人，多一些爱书的人！

书话：写在《开卷闲话序跋集》页边的"补白"

秋　禾

在刚刚过去的这个马年的尾巴日子里，宁文兄（笔名"子聪"）同我说，再过数月，就是《开卷》创刊十五周年的纪念日了，能否再写篇东西，做个文字上的纪念？

一语唤醒赶路人。脑海中不禁回放起了十五年前从立春到夏至的那一幕幕，曾与蔡玉洗、薛冰先生等不断聚会在南京凤凰台饭店的"开有益斋"里，创意和谋划这份小杂志的激情时光。这份激情至少延续到了2003年的冬天，我那时认认真真地写过一篇"有关《开卷闲话》的闲话"，以"个中人"的身份，向书友们交代了有关编刊《开卷》杂志和首辑《开卷文丛》书系（凤凰出版社，2003年10月版）的一些旧闻，现在它被收录在了《开卷闲话序跋集》（人民日报出版社，2014年8月版）附录中。

那时候虽已年届不惑，但转任教职不过一年多，人生似乎还有点闲，常常乘着击键的便捷，喜欢做些饶舌的长文章。这篇"闲话"，就啰里八嗦地写了好几千字，其实也就无

非说了这么两层意思：

四年来，《开卷》同仁把初始创意的根苗，移植到了丰沃的江南文化土壤之中。一期接着一期地培土浇水，从整枝剪叶，到扶正固本，终于把它们育成了一片青青小林，同步装点着与时俱进的新世纪中国文坛。

……

《开卷文丛》的人文基础是每月一刊的《开卷》，《开卷》杂志的新标杆是《开卷文丛》……《开卷闲话》的十五万字可不寻常，其中每一个字几乎都值得爱书的人去细细咀嚼。

不料乱花渐欲迷人眼。令人始料所不及的是，在十来年日夜流逝的岁月中，因为有了宁文兄的执着和坚持，一期期的《开卷》、一套套的《开卷文丛》、一集集的《开卷闲话》，直到案头这部不失别致的《开卷闲话序跋集》，这以"开卷"冠名的系列书刊，虽已叫人有点难辨分明了，但那"开卷"一词的人文品牌，似已成为了"金陵书香部落"的专属。

且说那《开卷闲话》已经问世八编、百余万字了，它为当代文坛书林留下了内容独特的一卷又一卷"野史"。而积累下来的序文，本身也已成为了《开卷闲话》所独具的人文资源。从第一编来新夏、舒芜、陈子善、止庵、章品镇的序文，到第八编陈四益、周实、彭国梁、唐吟方的序文，竟多达四十余篇，再加上编者"子聪"的七篇"后记"，以及何卫东、虎闱、淮茗、王稼句、子张、徐鲁、李怀宇、林英和我的九篇附文，合总算来，也不过十二万字。真是一编在手，拿得动，看得起。因而移目换景，篇章有致，这可读性该是开卷本书的首益。

　　无论是前言还是后记、附文，作者诸人，年龄与年资或有不同，学历与阅历或有不同，知识与学识或有不同，对于文坛书林、人事世相、古今中外的观感自然亦不甚相同，其种种个识乃至异见，居然都能够假借着《开卷》尤其是其中的"开卷闲话"这个专栏，不断地交集、交流，传播、传承。无疑地，和而不同，同而不和，这多元化当是开卷本书的又一益。

　　更何况，如在本书"小引"中所言："这些序的作者年龄差距不小，年长者都是八九十岁的耄耋老人，年轻的才只有三十多岁。其中有些作序者已走进历史的深处，往往读文思人，颇有沧桑之感。"然则言犹在耳而老成凋零，这沧桑感又可谓开卷本书的一益啦。

　　至于我个人，因参与《开卷》而扩大了以书会友、以友辅仁的圈子，更由《开卷》而获启迪，多年来在图书馆界，倡议推动了若干公益性的阅读推广导刊的问世，无论是《今日阅读》《悦读时代》，还是《尔雅》《阅微》《书林驿》等，得以推"独乐乐"而为"众乐乐"，不免为自己的这点儿小小建树而私心窃喜。

　　农历除夕方过，但日子还在民间观念中的"新年"里，手边正好有"子聪"的签赠本在，这千把字且随手作了《开卷闲话序跋集》天头地脚上的"补白"罢。

乙未年初四日于金陵江淮雁斋

几本旧书

周 步

回忆往事是一件极有意思的事情。

那年我刚到北京，住朝阳区。和我同住一个屋子的是个东北小伙子，叫忠子。忠子在建工队上干活，年底的时候，工程停了，他们就放假了。忠子以前学过厨师，有重操旧业的打算，但自知手艺不精，只能往小门脸的店里跑。我呢，初到北京，来的时候目标也不明确，来了又不知道能干些什么，就满大街的瞎溜达看招聘广告。我想去人才市场，但忠子的朋友老马说，人才市场尽是骗人的，都是假的，还是熟人介绍的工作可靠些。于是我就不敢去了。再说人才市场是招聘人才的，我连一张像样的文凭都没有，是人才吗？于是我更不敢去了——不过，以我今天在北京生活了五六年之久、被人招聘过也招聘过别人的经历来看，人才不一定都是高学历者。当然高学历者，必有其才。

没有文凭不可怕，可怕的是没有了进取的精神。人必须依靠一种精神活着。——这是我当时的生存状态和今天对人生的理解及感悟。

那段日子过得很艰难。

腊月的一天，我和忠子在安定门一带溜达，往回走的时候，路过安贞里，在一个社区的门口，我看到一个收废品的地摊。

"这些旧书怎么卖呢？"我问。我看到里面有几本《读者》。一本《读者》定价不到三块钱，但那时候，我买一本《读者》也得掂量一下自己的口袋。

"一本五毛"，收废品的小伙子说。我买了六本，又要了一本，共七本，那几本杂志到现在都没有全部遗失掉。

"买几本旧书回去看吧。旧书也挺好的。"我说。

"新旧不都是看吗？字儿不都是一样的吗？我看这玩意新旧都那么回事。"忠子说。

我若有所思的多看了他几眼。

忠子平日里不看书，也没读过多少书，说话不讲究，但仗义，爱讲哥们儿义气。他总觉得离开哥们儿混不下去，所以我有些看不上他。但这一刻，他却说出了一个喜欢读书的人想也未曾想过、说又说不出的话，这使我很受启发和鼓舞，这也使得我在落魄的时候找回了一点尊严。这些旧书，温暖了我寂寞的岁月。

以后我还买过好几次旧书。买书的时候，我再也没有那种不好意思和羞涩。后来，我在北京潘家园等地的旧货市场看到，销售旧书在这里已形成一个产业，有些旧书的价格更是不菲。买与卖在这里都显得那么自然和谐，绝没有那种思想上的污垢和瑕疵。

"新旧不都是看吗？字儿不都是一样的吗？我看这玩意新旧都那么回事。"那个平日里不读书、喜欢讲哥们儿义气的东北小伙子的话总是萦绕在我耳边，让我思索，让我回味。

回味良久，我得到的收获是：书有新旧之别，但知识永远都是新的。生命力有强有弱，但永远进取，是人生的首要选择。

唐弢与《鲁迅在文学战线上》

翁长松

说起唐弢(1913—1992)，几年前我在《旧平装书》（上海文化出版社，2008年7月第1版）的"旧平装藏书家"这一章节中专门作了介绍，在此不作展开了，但还是想对他补充几句。我记住"唐弢"的大名是在20世纪80年代初读了他的书话名著《晦庵书话》之后，我被他在书中对中国现代文学作品和版本的精湛叙述和生动介绍所深深吸引，从此我也留意起中国现代文学版本的收藏。同时，也关注对唐弢作品收藏。

其实唐弢不仅是藏书家，还是中国现代文学和鲁迅研究专家。他主编的《中国现代文学史》（全三卷）、《中国现代文学史简编》是学习现代文学的重要著作，被列为高等院校文科通用教材；他编辑出版的《鲁迅全集补遗》《鲁迅全集补遗续编》，辑录、考订了鲁迅佚文，为鲁迅研究注入了许多新发现的资料和文献。他的一系列关于鲁迅创作的著述，如《鲁迅在文学战线上》《向鲁迅学习》《鲁迅的美学思想》等，在鲁迅研究史上享有很高声誉。我收藏的《鲁迅在文学战线上》为中国青年出版社1957年12月北京第1版。全书收录了唐弢在新中国成立后至1957年12月前撰写和发表的《一个伟大的爱国主义者的道路》《鲁迅对文学的任务及其特征的理解》《鲁迅杂文的艺术特征》《不许胡风歪曲鲁迅》等十篇文章。内容大致可分为三部分：一是研究鲁迅创作的道路，如何从爱国者成长为无产阶级文艺旗帜；二是研究鲁迅文学艺术思想，如文学的任务、文学的特征、杂文的艺术特征等；三是批判各种对鲁迅诬蔑的说法。

《鲁迅在文学战线上》虽然卷前没有序，卷后却有唐弢于1957年11月25日撰写的"后记"。此文不长，不足两页，却点明和讲出了他编纂此书的目的："只是想给爱好文学——特别是爱好鲁迅先生作品的青年，当他们开始阅读或者写作的时候，能够从这里得到一点体会，从这位伟大的中国新文学旗手身上得到一点他们需要的养料"，"研究鲁迅，是一件艰巨而急待着手的工作，要做好这一工作，必须有更多的人共同努力。"那么，唐弢在书中为文学青年主要传授了哪些鲁迅的精神和艺术特征呢？我认为书中有两篇文章特别值得称道。一是《一个伟大的爱国主义者的道路》，该文从"维新思想的影响""科学救国""精神界之战士""在爱国的基础上共鸣""战斗的任务""无产阶级的光芒"等六个方面，展现了鲁迅先生光辉的一生，并期盼新时代的文学青年要继承和发扬鲁迅的爱国主义和民主主义的精神，为祖国繁荣富强做贡献。二是《鲁迅杂文的艺术特征》，唐弢在该文中联系自己的思想对鲁迅杂文作了深入研究和探讨。首先，他认为杂文是新兴的文学形式，萌芽于"五四"文学革命与思想革命，自从《新青年》开辟"随感录"以来，这一杂文形式为许多刊物所继承和发扬。经过鲁迅的倡导，杂文不断滋长和发扬，建立起自己独立的形式，也更具有战斗性。鲁迅一生写过许多杂文，并展示这种文学形式的丰富和多彩。就文体而论，他所写的有抒情的杂文，如《准风月谈·夜颂》；叙事的杂文，如《且介亭杂文·阿金》；政论性杂文，如《二心集·"友邦惊诧"论》；短评式杂文，如《且介亭杂文二集·论人言可畏》等。其二，认为杂文"是匕首，是投枪"，同时还要"给人愉快和休息"。一篇好的杂文是诗和政论的结合，一个好的杂文作者需要高度的思想修养和艺术修养。所谓"给人愉快和休息"，也不外乎通过生活的具象和语言的魅力给人以一种艺术的享受。其三，认为鲁迅的杂文都是论战性的、雄辩性的，表现了明确、肯定，无可反驳的逻辑的力量。

为了传承和发扬鲁迅的精神，唐弢在1957年不仅出版了《鲁迅在文学战线上》，还于同年出版了《鲁迅先生的故事》（上海少年儿童出版社，1957年4月第1版），全书收录鲁迅故事十个，卷前有唐弢撰写的"写在前面"一文，其中写道："二十几年前，我还是一个刚满二十岁的青年，抱着许多年轻人所共有的理想，冒冒失失地踏进社会。……一个偶然的机会，我认识了鲁迅先生，这是我生平第一个最大的幸运。" 唐弢与鲁迅相识是发生于1934年1月6日，那天由《自由谈》编辑黎烈文在上海的古益轩请客，一来约经常写稿的人欢聚，二则为郁达夫夫妇饯行。唐弢在这里与鲁迅第一次会见。两人互通姓名后，鲁迅接着说："唐先生写文章，我替你在挨骂哩。"唐弢心里一急，说话也结结巴巴。鲁迅看出他的窘态，连忙掉转话头，问道："你真个姓唐吗？"他说："真个姓唐。""哦，哦"，鲁迅看定他，似乎很高兴，"我也姓过唐的。"说着，就呵呵地笑了起来。原来鲁迅曾经使过一回"唐俟"这笔名。唐弢明白过来后，也跟着笑了，很久以来在他心头积聚的疑云，一下子，全都消尽散绝了。从此唐弢得到了鲁迅在读书和创作上的指导和帮助，与鲁迅也结下了不解之缘。接着唐弢在"写在前面"中继续说道："虽然直接听他讲的故事并不太多，但凡是他讲了的，对我都有很大的影响。""我觉得聊可告慰的是：每一个故事，即使是那么短，而我又讲得那么拙劣吧，却始终不可掩蔽地闪耀着鲁迅先生的光辉人格。"此前1956年3月，唐弢还受上海市文化局的委托为上海鲁迅纪念馆新馆策划了"陈列方案"，还为上海电影制片厂编撰《鲁迅生平》文献纪录片剧本，由黄佐临导演。毫无疑问，20世纪50年代的唐弢已是鲁迅研究的专家学者。

出书与送书

韩润东

　　出第一本书《活法》时，是十二年前的事。当时只是为了对自己前十几年的创作做一次总结，同时作为一种激励与鞭策，禁不住几个朋友的撺掇，懵懵懂懂寄出稿件给出版社，迷迷糊糊就出来了。当时的过程好像挺复杂，记不清具体细节了，如今只记得当书出来时，真的很兴奋。想想多年夙愿终于成真——那本写着自己名字的书，真真切切就拿在手里。

　　样书来时，忍不住四下张扬显摆。那天下午，阳光好像格外灿烂，我乐颠颠抱一摞书，挨办公室给当年的同事们赠送，完全不思想当时的同事和领导是否乐意接受，也不顾忌他们的态度，兀自陶醉在自己的喜悦里！还喜洋洋地告诉父母亲戚、同学朋友，朋友们自然很配合地夸赞吹捧一番，然后向我索书。我欣然从之，且乐此不疲。出版社送的书不够，我又购了一些送人。甚至，还搞了个首发式，很声势的样子，一个目的，自然是为了给更多的人送书显摆一下，另一个目的却羞于启齿，说穿了，不过是想，来张掖十多年，尽给别人的婚丧嫁娶送礼了，自己没有收礼的由头，借机作势，以弥补心理上可怜可悲的不平衡感！如今想来，羞愧难当啊！

　　出第二本书《回望乡关》时，大约又过了五六年。那时，手头发表的作品也多了，分散在不同杂志上，想到结集出版不仅是对分散作品的一种整理，也是对自我的又一次总结与激励，心里很觉自然，就出了。过程比第一次顺利得多，与之相伴的，兴奋点也降低了许多。书出来后，不再逢人就送，只挑自己喜欢的人和喜欢书的人送。自己喜欢的人，相知多年，自然知道对方不会辜负自己。即便他不喜读书，也一定会无比珍爱，仔细收藏。而喜欢书的人，懂得书的价值，得了书，自会认真阅读，不会辜负你一番美意。这书送的，也就有了价值。

到今天，回头翻看自己的书，自信越来越少。就想着当年那些送出去的书，也许哪个情节处理不当，哪个细节写得不好，一定会惹人耻笑的。心里就悔不该当初：年少张狂，捧一本也许对别人根本没有任何意义的书四处乱送，实在傻得可爱！想想也是，真正喜欢你书的人，自会想方设法去买你的书；而不喜欢读书的人，即便送了，对方也未必会珍惜。如果某天忽然看到，自己签名的书被别人搁置在卫生间，或者在街头旧书摊上，要么就是被哪个孩童拿着撕着玩儿，岂不尴尬？被别人搁置到卫生间，我自然无法跟他说道；在旧书摊上看到，我也没有勇气如贾平凹当年那样，自个儿掏钱买回来，写上"再赠某某同志存阅"后，仍寄给那人；至于让孩童儿撕着玩，我只能自己痛心了。这一切，除了说明自己的书写得不好外，又能证明什么呢？

不敢送书，有时候也怕给对方造成负担。你的书，适不适合对方的口味，值不值得对方花时间耐心去读，显然是未知的问题。若遇上认真的人，接受了你的赠书，为着要给你一个交代，硬着头皮读下去，岂不成了他的负累？如此，我罪莫大焉啊！

这些年来，也有人听说我出了书，不管熟不熟，就理直气壮地伸手索要。对此，我大多婉拒了，一来，我知道他本不是爱读书的人，对于自己的心血凝结的书，送给他实在是浪费；二来，自己掏钱从出版社那儿买来再送人，我实在是承受不了啊！

有些你真心想送书的人，反倒不愿平白受赠。临泽的兴君老弟，曾在评论文章很中肯地解读过我的作品，我一直引为知己。出第一本书时，曾真心实意地想要送本给他的。没想到他却说，不要你送，你的书，我已经买了。一下子，我就被他感动了。受此启发，这之后我也轻易不再向朋友张口索书。朋友能主动送我，我自然心怀感激的接收，且唯恐辜负，心下难安，必定置于枕边案头，细细读之，反复品味。若朋友不作声，而我又喜欢，就买一本，认真拜读学习。

能让我心甘情愿地送书的人，只有父母。每次收到样书，都会先拿一本，恭恭敬敬给父母。父母是农民，斗大的字不识一筐。但我相信，这世界上，只有他们会比我更爱更疼更珍惜我的书。只是，送给他们的书，我至今不知道他们放在哪儿？想必，是他们珍藏起来了。

书橱里的董桥

桑　农

董桥先生退休了。

从网上看到这个消息，我并不惊讶，却也有一种失落之感。打开书橱，取出一本不久前网购的《夜望》，轻轻地摩挲。这是香港牛津大学出版社新出的一部文集，收录董桥最近刊于《苹果日报》上的专栏随笔。现在，董桥从该报社长的任上退休，专栏"苹果树下"也出了终结版。牛津版的"董桥散文系列"，不知是否还会继续出下去？

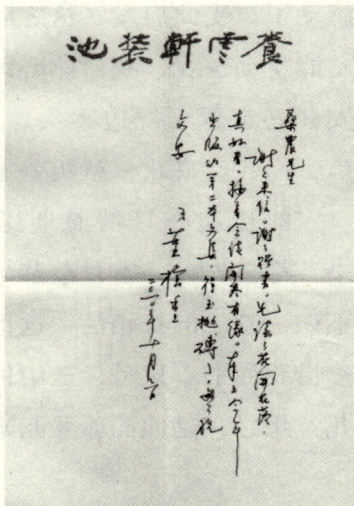

这个系列先后出版二十多种，我基本上收齐了。码在书橱里，整整一格。去年，安徽电视台"新安读书月"节目组来我家，让我介绍藏书中的精品。我自然将摄像机引到那一排精装的董桥前。当时说些什么，记不清了，好像还特地从中抽出一册，夸了一下装帧。

牛津版董桥的装帧，真是让人爱不释手。可以说，每一部都是一件精致的艺术品。当然，我不惜"重金"，通过各种渠道搜集这个系列，不光是因为装帧。董桥的文章，也是我的所爱，尤其是那些未经删节的版本。

　　我最早得知董桥文章写得好，是缘自《读书》杂志上柳苏的名篇《你一定要读董桥》。受其影响，我在第一时间购得三联版的《乡愁的理念》和《这一代的事》。反复看了好几遍，很是喜欢。当年有"台港文学"一说，台湾散文的代表是余光中，香港散文的代表则是董桥。我当时的印象：余光中的散文属于正宗，董桥的散文有些另类。许多年后，读到辽宁教育版的《语文小品录》，我才有所觉悟：余光中那样的纯文学散文，其实路子不宽；董桥这样的专栏随笔，却有着更加广阔的前景。

　　我尝试着写一点随笔，起步比较晚。2010年，出了两本小册子，一时兴起，寄给了董桥。原本只是表达敬意，未曾想他竟回赠了一部《景泰蓝之夜》。这是我第一次见识了香港牛津版的图书。我收藏牛津版"董桥散文系列"，也是从此开始的。

　　这部签赠本里，还夹着一页便笺，上面的话令我汗颜。我一直没敢公开，害怕被误会是在借名人抬高自己。可平心而论，董桥是老派人，言辞讲究礼数，客套不可当真。我如此在乎，只能说明自己修行不够。趁此机会，还是抄录出来，与"董迷"们分享吧。

　　桑农先生：

　　　　谢谢来信。谢谢赠书。先读了《花开花落》，真好看。接着会读《开卷有缘》。奉上今年出版的第二本文集，得玉抛砖了。匆匆，祝

　　文安

　　　　　　　　　　　　　　　　　　董桥

　　　　　　　　　　　　　二〇一〇年十月六日

此后不久，我网购了一部牛津新出的《橄榄香》，又意外地发现，里面有一篇《曼陀罗室》，文中提到我给他寄书的事，还引述了我写的那篇《因缘新旧意谁知》。

　　所以，我书橱里那排牛津版董桥系列中，《景泰蓝之夜》和《橄榄香》这两部，意义与众不同。有的封面更奢华，有的插图更精美，有的文章更合我的口味，但这两部无疑是我私下的最爱。

许定铭及其现代文学版本的收藏

汪应泽

许定铭，笔名陶俊、苗痕、午言、向河等。香港中文大学毕业。时下，读书、出书的人很多，但像许定铭与书的缘分如此深刻妁人的并不太多：他集买、卖、藏、编、读、写、教、出版，八种书事于一身，为研究中国现代文学而藏书和撰写书话，成了享誉内地与香港地区著名的作家与藏书家。但他却笑言自己"只是一个爱书人"，但求今生可以"长醉书乡不愿醒"的读书人。

1962 年，许定铭开始写作。当时他才十五岁，在中学读书，却已涉足学生文坛。他利用课余时间向香港《星岛日报》《中国学生周报》《青年乐园》等报刊投稿，主要以诗歌、小说和散文为主。后与文友组织"芷兰文社""蓝马现代文学社"，成为20世纪60年代香港学生文坛的活跃分子。其最早的习作成果，曾汇成《灰色的前额》，收在1964年10月出版的"蓝马文学社"的创作合集《戮象》中。而《港内的浮标》则是他文学创作渐入佳境的标志，也是他第一部个人创作集。

他从事教育工作四十年，其间开书店二十年，为朋友寻觅难以见到的民国初版书，也为自己醉心的书籍广泛向香港和内地书友或书店征集，凭他数十年的苦心搜集，目前他所收藏的民国文学初版书，已达数千册之巨，成为香港著名藏书家。

　　许定铭毕生与书结缘，别号"醉书翁"。而这其中故事最多、最为引人瞩目的，便是他几十年来悉心收藏旧书并撰写书话的"醉书"生涯。他的藏书活动自20世纪60年代开始，热衷于收藏民国版新文学旧平装书。当时，香港经济困难，许多平民摆地摊出售旧书，他看准时机，廉价收到许多少见的珍贵版本，往往独自欣赏，度过若干无眠之夜。

　　到了20世纪70年代，旧书货源渐少，地摊改为书铺，由于优胜劣汰的法则，香港的旧书业成本加高，旧书的售价陡然上升，但有时他还能够收到一些好书。但时至80年代，香港旧书业日渐萧条，许定铭再难收到可心的旧书。

　　21世纪到来后，许定铭眼界大开，他在网上书店又能买到罕见的珍本书。这还远远不够，他还亲自去广州、上海、杭州、苏州、北京、青岛等城市，寻觅他所需要的民国文学旧版书。后来，他又通过网络与各大城市著名旧书店联系，让他们代为收购罕见的绝版书。即使价格贵一些，他还是设法购进。其中有不少好书，例如赵景深1928年在上海开明书店出版的诗集《荷花》，他花1900元在网上拍得；他又以800元买到徐仲年的《陈迹》，这是徐的处女作，他在文坛上不是太出名，但当年曾被鲁迅在《中国新文学大系》小说卷提及，看来并非等闲之辈。

　　许定铭重点收藏民国版的诗集，尤其是一些似流星闪过的诗人之作，他更为偏爱。这些书中有李满红的《红灯》（国民出版社，1944年版）、袁水拍的《向日葵》（美学出版社，1943年版）、力扬的《我底竖琴》（诗文学社，1944年版）以及史轮的《白衣血浪》（泰东书店，1933年版）等绝版书。

在他的收藏中，还有不少民国时期出版的精装本和线装本，前者每种只印2000册。许定铭有郁达夫等的《半日游程》（上海良友图书公司，1934年版）、王家槭的《扫帚星》（上海良友图书公司，1935年版）、穆时英的《浮世辑》（1935年版）等，至今都成了不可多得的绝版精装书。线装本的新文学书少之又少，他藏有王礼锡的《市声草》（神州国光社，1933年版）和曾仲鸣的《东归随笔》（开明书店，1931年版），这两种书在文学史上无人提及。

有人问及许定铭，他所收藏的这些珍贵版本，花费多少？他坦率地说：他没计算过，也不敢算。他又说，若想得天下好书，一定要不怕破费，对于不想破费的人，得到好书犹如痴人说梦而已。

配书苦乐

胡春晖

喜欢看书的人都喜欢买书，单本单本还较易购得，成套成系列的就比较难了，特别是出版跨年度或出版时间较早的，要么买到上册没有下册，要么买到中册没有上下册，要么买到下册没有上册……凡此种种，都是要花时间和精力去找寻的。

我蜗居乡下，住所离城里不远。城里有几家旧书店和旧书摊，最爱去的是中山街的光霞旧书店。在城里办事，只要时间允许，总要进去看看，买书之外，与店主老陈聊聊天，这本书摸摸，那本书翻翻，也是一大乐事。一日看到一本硬面精装的厚书，乃四川人民出版社1981年出版的《中国现代作家传略》上集，徐州师范学院编，茅盾题签，责任编辑杨莘（即著名诗人木斧）。上集收录了120位作家传略，编辑说明还提到有下集，可老陈说收进来就这一集，不管三七二十一，"抓到篮子里就是菜"。又到城里其他几个旧书店和旧书摊上寻下集而无获。在网上找，大都是成套的上下集，不拆开卖，后来在北京市通州区的一旧书店找到，负责联系的女同志很热心，说此《传略》只有下集，没有上集，不配套，要考虑清楚再下单。我正是找此下集配套啊，马上汇款购得。下集收录了129位作家传略，上下集总计收录249位作家传略。关于此套《传略》，龚明德先生写过一篇《我的珍本书》（载《书生清趣》，岳麓书社出版，2005年3月第1版第1次印刷）的文章中提及，该出版社此前出版过《传略》"内部使用"本，一套五辑。此"内部使用"本共收录296位作家传略。公开出版的上下集编辑说明云：编辑本书，目的是向现代文学的教学和研究工作者提供"五四"以来中国作家的比较真实可靠的资料。从1978年夏着手编辑，几年来，通过通信和走访方式，向300多位作家及有关同志约稿，先后编印了五辑征求意见本。原来龚先生说的五辑"内部使用本"即"征求意见本"，我想应该是编辑成书后出版社寄给作家或其亲属征求意见用的，印数当然不会很多，无怪乎香港藏书家许定铭先生说此五辑本"要在新文学研究上颇有地位者才可以拥有"，龚先生也说是珍本了。但收录的人数，征求意见本是296位，公开出版时是249位，为何少了47位？又是少了哪47位呢？是征求意见后的结果吗？我手头没有征求意见本，这些只能立此存疑了。一年多以后，还是在光霞书店见到了《传略》的下集，陈老板不知什么时间又收到了这下集，我想应该与上集是一个地方流出的，只是先后而已。早知老陈能弄到下集，何必东寻西找折腾啊。

也是在光霞书店，找到老舍著、百花文艺出版社1979年版、孙奇峰书名题签的《四世同堂》上下部（上部载第一部《惶惑》，下部载第二部《偷生》、第三部《饥荒》，共八十七段），惜上部缺封面（用牛皮纸粘贴）。此上下部共有丁聪插图二十幅，其中上部八幅，下部十二幅，图内署"小丁一九七九"或"小丁七九"，此系新中国成立后国内首版之《四世同堂》，且有名家插图、封面、题签，殊为难得，虽有缺憾，也购而归之。

面对无封面的上部，我一直寻思着调换一本，于是在网上找到北京一旧书店有此书出售，便汇款购得。而在搜寻上部时，意想不到的是此书竟还有补篇一部，原来的上、下部是不齐全的。该补篇是百花文艺出版社1983年12月版（上、下部印数不详）。同样在该网，上海的一家旧书店有补篇售，却只有工行、农行账号，然我偏居乡野，仅有邮政储蓄银行网点，又嫌邮局汇款太慢，于是专程到城里银行汇款。汇完款后顺便到每次进城都要去的解放街思越书社转转，此书社也同时在网上开店。我随手一翻，刚汇款要购买的补篇恰好映入眼帘，真是太巧了。补篇出版时间距上、下部隔四年之久，配丁聪插图四幅，图内署"小丁一九八一"或"小丁八一"。我询问为何未在网上发售，店主说书刚到还没来得及上网，喜而购之，并及时回复上海的书友，言所购补篇不需，拟另购它书。补篇到手，只缺上部了，不日却收到黑龙江林先生寄来的上部，我是给北京汇的款，书何以从黑龙江寄来？北京书友来电解释道，接到汇款后上部遍寻不着，遂帮忙联系别处订到。上部、补篇到手，加之前购下部，一套《四世同堂》终于"同堂"了。后就此书的相关内容求教于老舍先生之子舒乙先生，得到他的回复，并给此套书题跋。

　　《书虫日记》一至四集，湖南作家彭国梁著，彭乃超级大书虫，何以见得呢？他有一文写道：我现在的日子，抬头是书低头是书闭上眼睛还是书，仿佛在我的世界里，没有了书，便没有了空气和阳光。仅2005年这一年中，逛书店140多次，买书花去四万多元。他在长沙捞刀河畔有一"近楼"，四层，一楼到四楼都建有书房，真乃一琅嬛福地。我购得《书虫日记》二集、三集、四集，惜"群龙无首"，缺了第一集，看过几个网店，较少有售，有的看了又不中意。寻思来寻思去，干脆找作者讨要一本。通过熟悉的书友找到彭先生的地址，就去信联系了，彭先生不仅寄赠了书，还在书扉页题跋：书中所书书人书事书世界是也。并赠亲笔撰书一联：日记记一些日中琐碎，闲聊聊几句闲里家常。联上有识云：春晖书友厚爱购得《书虫日记》二、三、四集嘱题，此其一也。长沙彭国梁书于癸巳冬日。如此馈赠，真是高情厚谊。

　　姜德明先生写过一篇《沪上访书记》（载《书边梦忆》，中华书局2009年6月版）的文章，"二十几年前我曾在北京东安市场买到上海孤岛时期出版的'译文丛刊'之二《祖国的土地》一书……二十几年来我访求其他各辑，知道一共出版了四辑，甚至还开列书单请京沪两地旧书店代配，一无结果。这次在上海书店也没想到会碰上这书，事先连想也不曾想过。然而第一天到了旧书店便在书架上翻到了丛刊之一的《良心丢了》，……过了几天我又来到书店，在台子上摆的旧书摊上竟然发现了丛刊之四《孩子们的哭声》，……过了几天，我下午即将北返，趁上午的办事间隙又走了一趟旧书店。没想到竟在乱书摊中又拣出了一本崭新的丛刊之三《神圣家庭》来！"姜先生感慨地说："我想告诉周围的陌生人，不知他们是否相信世间会有这么巧合的事？难道这几本旧书不是专门等待着我这个北方来客？为什么不被别位爱书者发现？为什么只出现我缺少的这三本？再多一本也没有？为什么这三本书分三个时间三次被我购得？一切都是那位'书之神'安排的吧。她让那分散了几十年的四本书，像一家人似的团聚在一起了！"，"有幸遇到了'书之神'，访书之际冥冥中似有一位'书之神'暗暗地助我一臂之力"。我曾购得周简段著，华文出版社出版《神州轶闻录》之《文化篇》《名人篇》（二），均为1991年12月版，该书冰心撰写总序，启功书名题签，各篇另有分序，季羡林、萧乾分别为所购两书作序，冰心序中说是部"很有分量的书"，萧乾也说"简直教人拿起来放不下，实在有看头"。而对于书的作者，仅萧乾在序中说"我没见过这位"，冰心、季羡林则只字未提，这几位著名作家、学者都不知道周简段这个人。近期看了两篇关于周简段的文章，北京刘德水《北京旧书店拾零》、成都吴鸿《周简段是哪个？》，谈的是周简段是否确有其人，涉及邓云乡、冯大彪、司徒丙鹤等人，刘君还就周简段的情况给邓云乡这位水流云在轩主写信请教过，得到了邓先生的回复。蛮有意思的一段文坛掌故。此套书共有六本，书中所记京华旧日诸多遗闻轶事，颇具传奇色彩，读来引人入胜。这次找寻《神州轶闻录》的缺本，我想也一定能如姜先生一样，得"书之神"之助，如愿以偿吧！我期待着。

《开卷》书友

子 张

　　董宁文的《开卷闲话》与《开卷》同步问世，不同的是《开卷》只有一幅原貌，而"闲话"则通过一定规模的集结，又有公开出版的另一幅面孔。聚沙成塔，大约两年一集，到今年出到了第六编，收的是2009—2010两年的"闲话"。

　　接读赠书，当即"闲览"一过，实际上等于二次阅读，故速度稍快。不知怎的，还没放下书，脑子里就猛地跳出一词儿：《开卷》书友。

　　何以有这般联想？因为"附录"的"《开卷》创刊十周年座谈会发言纪要"一下子让我"穿越"到去年与朱绍平、周维强结伴与会的种种情景：一路上的漫谈，到南京第一餐初识与熟识的一桌"书人"，下午座谈会上陆陆续续二三十位《开卷》编者、作者、读者为《开卷》说的暖心的话，晚上意犹未尽的交流，第二天宁文带着一支队伍在石头城古楼深处的探幽……这一切的活动，表面上都是为生长十年的《开卷》庆生，可事后回忆起来的，不都是一个个结交书友的故事吗？我不敢说会议上每个名字我都熟悉，可凡是眼熟的却真是实实在在地彼此抱拳相认了，套用武汉黄成勇的书名就是"幸会幸会、久仰久仰"八个字呀。

　　我又想到我与《开卷》的结缘。那时候我还在山东，吕剑老前辈把我一封关于《孙犁书简》的通信介绍给《开卷》刊登，又让我与宁文通信联系，我就这样加入了《开卷》作者的行列。后来一次，因为我写北大严家炎先生的短文，引来扬州陈学勇先生呼我为"校友"，此后我再读到陈先生编的书、写的文，心里就感觉格外有了一份亲切。蔡总来杭州，我和周维强认识了，且第一次得到他的赠书。前年，我刚从外地回杭州，朱绍平就打电话说南京徐雁来了，邀我到湖畔居茶楼见面，也才第一次与朱兄见面。而去年春天的南京之行，更让我有了一个极深的印象，这些编者、作者、读者都为《开卷》而来，也都因《开卷》相识，《开卷》仿佛成了一个以独特风格、魅力吸引同类型书友集聚的平台。

那么，把这些因共同趣味凝聚到《开卷》当中、彼此有着亲切感的读书撰文的书生称作"《开卷》书友"不是很贴切吗？

前不久，宁文又来杭，及至他下榻的宾馆，才知道他刚刚去湖滨唐云书画馆参加了北京画家许宏泉的画展，自然而然地，我又认识了同是《开卷》书友的许宏泉。

咳，《开卷》，这些缘都因你而生呵！

雨窗里的红楼梦魇

龙巧玲

合上看了一上午的《红楼梦魇》，续一杯茶，握着茶杯的温暖，隔窗望去，下雨了。雨在玻璃上留下无数抓痕，那么多的雨滴想要进来……

路上很多伞，遮住了每一个人，伞下是谁？对我来说是一个秘密，就像面对一本本未曾开启的书，里面的故事张皇着要我打开，但是打开它是件不容易的事，我比它更忐忑——我，和它，能否互相融合到各自的世界里呢？文字，那些从心里渗出的雨滴，清晰地泅出一行行心迹，那是必须要拿心去互换的。

十一岁时在亲戚家看《红楼梦》，一个人躲在书房，大人们在外屋聊天。不知多久，光线暗下来，纸上的字模糊了，我抬头，原来是窗外的天色，已暗的不能再暗。屋里什么声音也没有，家人什么时候走了？我走出门去，门却从外面锁上了。大概他们以为我早出去了，不知道我陷进了《红楼梦》。

其实自1754年之后，不知多少女子陷进了《红楼》。但有"红楼梦魇"的，只有张爱玲。

张爱玲像是《红楼》里走出的哪一个？挨个儿数过去，似乎都不像，又全是。那样的才情淑气，标致的无可比拟。一本《红楼梦魇》，只怕早将自己投影在了《红楼》，一生便走不出太虚梦境。似乎就是为《红楼》生的，或者本就是《红

121

楼》遗落的一钗，宿命般追着《红楼》，给中国的文脉绽放了一颗璀璨的烟花。而她笔下的女子，莫不延荡着《红楼》气息，梦里花开，开得凄切冷艳，孤傲决决，无人能与之肩齐。

常常在她的文字里想她，敏感，痴情，舍不得，放不下，端着一颗绝对赤诚的心，碰壁，再碰壁；受伤，再受伤。一叠一叠文字的谢幕，一次一次悲情的演绎，每一个开始都是全心地投入，每次投入都是殇情告别，轻轻地走来，静静地离去。她的宿命引来另一个女子的哀怜，这似乎又是从《红楼》里走出的一钗，追着张爱玲，追着《红楼梦》——三毛，抱着撒哈拉的梦去了。半生就是永远。又是《红楼》情结。愿岁月静好，现世安稳。似乎是简单，但只好在梦里花开。人生原来是一场半生缘的剧。

莫非陷进《红楼》的女子，便走不出《红楼》梦魇，中了书蛊的女子，当然走不出文字的蛊咒。人到中年，把世事大概参透，晓得要放下，气定神闲，是修禅的功夫。只是心底深处那一缕隐隐的牵系，叫你情不自禁望向《红楼》，这一回眸，便是飞蛾扑火，投进书的毒蛊去了，万劫不复。这几乎是折磨人的事情。什么禅？什么道？在女人这里，没有答案。爱美的女人总是抵挡不住诱惑，喜美容地进了美容院，好穿着地进了服装店，总是有美的感觉在里面。文字的诱惑，那是致命的罂粟，我已毒浸膏肓。

窗外，雨夹着雪。雪花落在柳上，雪花落在梅上。四季之多姿，让世界如此丰富绚烂，因此有了风花雪月，多情闲愁。世人总笑我，感情过于痴敏，都是看书的错。我笑。这世界，如若剔除了感性，唯有冰冷的理性，那将是怎样的灰曚？人生会有多少错犯，对于书，对于文字，我知错再错，这一生就在文字里错下去吧。我，不在梅边，也不在柳边。打开窗，让雨滴进来，让雪花进来，你们是我生命里文字的茶，在三千米的西北高原，谁与我共饮？

切莫差强赠人书

刘湘如

最近给张掖市甘州图书馆赠了一些书，很高兴。

我历来愿意把书赠送图书馆收藏，而不愿意随便派送给个人。这是有原因的。我对自己著作很吝啬不愿意送人，因为很多人并不喜欢读书，尤其这年头，送也是白送，甚至最后被当成废品乱扔。他们不知道书虽是作者自己写的，但也要花钱才能买来。这造成资源浪费，更是对自己劳动汗水的亵渎！所以很多熟人朋友特别是同事假如不从事也不爱好文学，或者人家根本不欣赏你的作品，我是极其谨慎送自己作品的。所谓宝剑赠英雄，香花送美人，作品赠知音，即是此意。

一日偶遇文友X君，我向他索要他的新著，一本颇具鉴赏价值的长篇。我猜测他旁边的办公桌抽屉就有。不料他犹豫了半天说："没有想到您会要我的书，那么我就送您一本吧。"说着果然打开抽屉找出一本，伏下身来，认真地作完题款，继而又婉笑说："自己的书有时侯真不好主动送人，怕人家不喜欢……"我知道他的作品颇有品位，谁不喜欢呢？细想想，忽就有了另一层的感慨了。古人是"赠人以金不若赠人以文"，现今观念变了，一切需要倒过来看，许多人不爱书独爱财物，那是"赠人以文不如赠人以物"；有人不读书也愿意要书，不过是附庸风雅而已；有人文墨不通却愿意有签着作者名字的书放在自己的案头，那不过是装装门面罢了；至于那种要了别人的书从不会去看，甚至扔到一边当擦手纸的，就不能不说是有辱斯文了！

其实，我对X君的话是深有同感的。我自己甚至是深有教训的。我的书橱上至今贴着一条自警随感录，由四句打油诗组成："文章草草皆辛苦，宁作半文把酒沽。附庸未必真风雅，何须差强赠人书。"我不愿意拿自己写的书随便赠人，并非因为我吝啬，而是有所来由，是因为一段苦涩而尴尬的记忆。

20世纪八九十年代，我的创作势头正旺，几乎每年都有一两部著作出版。有意思的是，常常要拿出相当一部分来送人。有时候怕麻烦，书店里进来的一点书都让自己买了。浮名易得也易扩，从个人心理满足上讲，虽然花了一点钱，这也许是张扬自己名声的最好方式。或有三朋四友，街坊邻舍，同事同学，旧识新交，顶头上司，不管人家喜不喜欢你的书，愿不愿意读你的书，只要是知道我出书的，只要提个索要的由头，都会热情地送上去，还要恭恭敬敬的写上"雅正""惠正""教正"等字样，至少也会写上"惠存"两个字。无论对于大款大腕还是贩夫走卒，一律如斯。那些人是否真的去读你的书，或者把你的书翻一下？这就只有天知道了。

具有讽刺意味的是，不久就发生了一件事情，我后来视它为一种因果报应，那是在我上班的走廊上，我正在收拾废旧报纸时，忽然看见压在最底下的是一本书，显得卷卷凿凿惶惶苍苍的，竟然是我曾经恭恭敬敬送给某人的"大著"，我的心顿时就凉透了，想到人家分明是不屑一顾以弃之，让我的著作满身上落满了灰尘，孤零零的扉页上还签着我的名字，我当时真有一种自作孽自受的感觉，说不出的狼狈和尴尬啊！文化人出版一本书不容易，加之财力有限，那一点版税或稿费也都是汗水钱，能送出一本书就更不容易了。你那么轻松地将人家的珍贵作品弃如敝屣，孰可忍心？

当然，因为无权无势，又不敢怠慢人，赠书往往也算是文化人一种巴结的方式吧？可惜不得其所，马屁常常会拍错了地方。这类有辱斯文的事在过去还碰上不止一次，有次我拿着刚刚出版的书去呈请当时的某头儿"指正"，他躺在椅背上从喉咙中发出哼哼的声音说"我知道了"，我搞不清他是知道我送书去？还是知道我写了一本书？就这半拉子半调子莫名其妙的话，让我在屋子里站了许久，走也不是留也不是，我弄不明白自己为什么要这么不识时务？我当时只知在心里头后悔，但更难堪的是，我在一位新分来的大学生那里见到这本书，他是从废纸堆里拣来的，正在津津有味地读着，年轻人把书上的灰尘抹得很干净，我心头有一种复杂的滋味，也有了一丝丝的欣慰。人和人本就是不同的啊！只是我们自己有时候书生气太重，往往把事情弄得皂白不分首尾颠倒罢了。

此后我慢慢识得时务了，不再敢轻易给别人送书。我懂得自养孩子自己疼的道理，自己认为再好的书，也许在别人那里是一文不值哩。

明代有个思想家吕坤写过一部书叫《呻吟语》，"呻吟，病声也，呻吟语，病时疾痛语也"。可知此书实在是作者痛苦心声的流露。世风日下，世道颓废，人心不古，作者希望用自己痛苦的呻吟唤醒世人的良知，希求挽救沦丧的人心道德，这是古今知识分子的精神通病。我读吕公之著，至今还觉得有段话说得好："上智不悔，详于事先也，下愚不毁，迷于事后也。唯君子多悔，虽然，悔人事不悔天命，悔我不悔人……"意思是说，智慧高的人不后悔，是因为事先有了周密的准备，愚蠢的人不后悔，是因为事后仍处于迷惑的状态，唯有君子经常后悔，虽然如此，君子是后悔没有尽到人事而不是后悔天命不来成就我，后悔自己没有做好而不是抱怨别人……说得真是妙极啊。

我不敢妄称自己是君子，但像赠书这类后悔事总是经常发生。文贵知己，那么写给自己看知己看难道不也是一种很高的境界么？许多年前我读过一篇文章，说是日本的一位颇有造诣的作家写了一辈子文章，到头来却默默无闻，在他年老的时候，他一个人独步在公园的小道上漫步，感到十分凄凉，就在他感慨世道不平的一瞬间，他看到了路边有个上学的孩子，正把书包放在一边，入迷的读着一本书。老人走上去一看，当时就感动了，深深叹了口气，热泪盈眶了，因为这正是他多年前写的一部儿童文学著作。

老人的眼泪是因为他遇到了这么个幼小的知音了啊！

知音难遇，"人生得一知己足矣，斯世当以同怀视之"，这句是连鲁迅先生碰到知音也要感叹的话，那么，当一个作家的作品不被别人重视时，何必差强人意赶风跟势呢？

君子顾本，有时候，守住自己比守住什么都重要啊！

金安平著《合肥四姊妹》

洪砾漠

前天下午，我在太仓市新华书店（凤凰太仓店书城二楼）翻看着两本新书。这时，一本我早就想阅读的书出现在我眼前：（美）金安平著，凌云岚、杨早译《合肥四姊妹》（生活·读书·新知三联书店2015年7月第2版第10次印刷）。

现在，中国大陆的图书除了鲁迅、巴金、沈从文、丁玲、张爱玲等著名作家的单行本能够一版再版外，一般能够出第2版和第10次印刷的书并不多。金安平这本书为什么能够在大陆印刷10次呢？

答案是金安平这本书收入大量的合肥张树声等人的第一手资料，具有信史的价值。

金安平，1950年生于台湾，1962年移居美国，后于哥伦比亚大学获得中国思想哲学博士学位。现任教于耶鲁大学历史系，是著名历史学者史景迁的夫人。她抓住了张充和晚年身体健康、头脑清楚的有利时机，最早地从张充和口中和手中获得了有关张家的第一手资料，并且在丈夫史景迁的历史学观点的影响和协助下，对资料进行了去粗取精、去伪取真的取舍和整理。随后她又亲自访问了张元和、张充和、张兆和、张寰和、周孝华等世纪老人。因此，她的《合肥四姊妹》具有旁人无法企及的信史价值。

恕我直言，王道所著《流动的斯文——合肥张家记事》

（浙江大学出版社2014年4月第1版第1次印刷）里的不少资料就直接取材于金安平《合肥四姊妹》（生活·读书·新知三联书店2007年12月第1版）。

《合肥四姊妹》原是金安平用英文写作的，在大陆出版的版本是凌云岚和杨早的合译本。翻译作品，也要看译者的文史功底是否深刻扎实，译笔是否精湛流畅。凌云岚，1976年生于湖南，2005年获北京大学现代文学博士学位，现为中国传媒大学文学院副教授。杨早，现为中国社会科学院文学所副研究员。这两个人的译笔精湛、清新、流畅，为《合肥四姊妹》在中国大陆的传播做出了不小的贡献。

我是带着许多问题翻看这本《合肥四姊妹》的。如，张元和等人的母亲陆英1906年从扬州嫁到合肥的路线究竟是怎样的，等等。我曾经当面请教过张以迪老师（陆英的孙子）。张以迪老师一下子也回答不出来，说要等到日后向妈妈周春华等人请教。

张以迪老师告诉我，陆英娘家故宅在扬州东关街，叫冬荣园，一度被人冠以"沈从文岳母陆英故居"，现在名字又改了，大部分房屋和园林尚在。

金安平女士在书中告诉读者，陆英从扬州远道而来，那是一个位于大运河边充满活力的商业城市。她的嫁妆沿长江而上两百余公里，然后越过苏皖边界到达安徽的芜湖，从这里转入运河支流，离合肥还有130多公里的水路和旱路。我们不清楚到底有多少人护送陆英一行人和嫁妆，也不知道这些人是合肥张家派去的或扬州陆家雇佣的。同样，我们也不知道沿路的土匪是否制造过麻烦。带着这么多贵重的财物上路，俗话说"窥斑知豹"，这支队伍应该很容易成为强盗的目标。

老实说，大约一年前，我就酝酿要以陆英这次远嫁的经历为题材写作文学作品，我将陆英这次远行的经历与萧珊（陈蕴珍，后为巴金夫人）在1939年8月至9月从上海到云南昆明的经历，胡絜青（老舍夫人）1943年9月至11月之间用50余天的时间，带着三个小孩、10件大行李、一个年轻女保姆从北平到重庆的经历，张兆和1938年11月带着两个幼子和九妹沈岳萌从北平辗转上海、香港、越南到昆明的经历，丁玲1931年3月下旬在沈从文陪同下从上海送幼子回湖南常德的经历作比照研究。现在，写陆英的远行经历还处在搜集素材、寻访实地的阶段。因此，金安平的《合肥四姊妹》成为我倚重的对象。

遥祝金安平女士和史景迁先生在大洋彼岸生活愉快、学术耕耘丰收！

我的图书馆"功利"人生

王海燕

功利性，是很多人在做事情的时候，首先想到的第一个问题，即这件事情值不值得我去做，或者说这件事情做了对我有什么好处，我能有什么收获，这就是功利性。

而我，在成为图书馆的一名工作者以后，也一直在进行着功利性的取舍与思辨。

——题记

一

一次偶然的机会，认识了一位先生，先生治学治业的严谨和认真深深地震撼了我。他对我说，我应该好好地写，不停地写。老实说，这样的话，不光是先生这样的专业写作者，就连身边的不少前辈、朋友都给我说过很多很多。不过，我自己当真是不停地在写，可是，我很少去整理，乱七八糟写的东西，经常找不到头尾，这多少让我有些挫败感。不过，大多数时候我是不在意的。因为，在我看来，文章是取悦于心的，而不是取悦于利的。我喜欢那句话：文章，没有功利性才是真文章。

是的，文章，不能有功利性。我一直这样认为，这句话在为我的写作提供随心而遇的灵感的同时，也为我的不努力提供了很长时间的借口。而我，也在这样的倔强中"不思进取""心安理得"。

后来的某一天，我好像忽然明白我错了，或许是我自己有所成长，或许是我自己受了某件事的刺激，又或许是别的什么原因。不过，认认真真发表文章，却是因为先生的提示点醒了我，以及先生的笔耕不辍感染了我。先生严谨，写作更是一丝不苟，即使出差途中也在手机上记录着所见所闻，诗歌、散文、学术论文都是极其用心。

关于"功利性"，我终于有了新解释。

当然一个词是什么含义，于我而言，无关痛痒。只是，有些时候，恰恰是一个小小的词能给我带来不少改变。

二

最初的时候，在未离开校园以前，尤其是中学时代，我的功利性特别强，什么事儿都要争个第一，这在给我动力的同时，也让我无比疲惫和劳累。每一件事情，我在做的时候都未享受过过程，却一直在努力计算着结果，这让生活变得无趣和没有激情。

至今记忆犹新的是高中时参加的一次五公里越野赛，冬季，很冷，我穿得很薄。比赛一开始，我就遥遥领先，一路不允许有人超过我，可是我忘了，那是一场"马拉松式"的比赛，而且我是第一次参加这样的比赛。于是，理所当然的，我在赛程过半的时候，体力不支，倒了下来。最后，我努力挣扎维持身体平衡，几乎是"走"回去完成的赛程，差点倒数第一，这让我无比苦闷，耿耿于怀。

差不多半年后，我碰到了一位外校的友人，他曾经是我童年时的挚友，在探讨一道数学题的时候，他说我：我见过很多很多学习成绩不错的女孩子，但是从没见过你这么较真和好强的女孩子。你太好胜了，不过是个越野赛而已，你干嘛跑那么快！没错，我看见你了，你们的赛程路过我们学校，刚好我在校门口见你跑过去了，你一个人，遥遥领先！你不累啊？为什么老要争第一，目标那么明确？学习成绩这么好了，这些体育活动你就当娱乐一下嘛，有什么不好？非要有那么强的功利性！

　　这是我第一次听到"功利性"这个词，还是在挚友那里。这位友人，我有必要强调一下：他，有才，有貌，还偏偏活得无比逍遥，放在武侠剧里，就是一个浪迹天涯而又不拘小节的盖世英雄。他，总是不慌不忙，成绩稳定，不后退也不冒进，高考失利了也没难过，报了一所二本的地方性军事院校，毕业后，也没有像大多数人那样挤破脑袋想进政府机关或事业单位，而是自立门户，做了点小生意，养家糊口，偶尔翻翻书写写文字，小日子过得自在滋润。难得碰见一次，也是专门给我送来一些零食、水果之类，他说别人送的，他吃不完。

　　那时候，听到友人讲"功利性"，我忽然意识到我错过了很多美好。其实，我可以活得很轻松，但我太在意一次次考试成绩和生活中的一件件小事，自己心累不说，还给身边人也带去了很多压力。

三

　　于是，我尝试着放开自己的心，一切顺其自然，不再以功利性为目的。很意外的，我甚至在一次期中考试失利的情况下，得到了语文老师的表扬，老师说，我的心态很好，完全没有出现他想象中的任何不快！

后来，那些个"不在意"的心态，成就了我的高考和之后很多事情的顺利进行。

打那儿以后，我觉得，做什么事情，功利性别太强，努力就好，用心了，就不留遗憾了。所以，在离开校园面对分配的工作以及失恋这些状况时，我的心态都很好。尽管我都有想不开的时候，不过，只有我自己明白，如果过去的我遇到这些事情，后果会是什么样子！

功利性于我，就这样，成了陌路。

可是，时至今日，我再次反过来审视自己的时候，才发现，我做事情有多片面——很多事情，它是辩证统一的，而不是片面的，任你多成功，也有失败的时候，物极必反就是这个理儿。

四

因为不理"功利性"，我渐渐变得放松变得懒散，坚持了十多年的日记，也被我束之高阁，写作于我，成了偶尔心血来潮的消遣。工作的前三年，我几乎没用过心，如果说还有收获的话，就是那时候图书馆书架上的书被我翻了不少，以及偶尔的几个读者坐下来和我探讨探讨。

2013年年底，我产后正式上班，碰上了一位功利性极强的女领导，她做事目标明确，简单干练，要做就一定要做好！

我庆幸碰到了她，吴起县图书馆在吴起经过短短两年的时间，成为有口皆碑的服务窗口。这个过程，也让我越来越找到自身的价值和努力的方向。

　　我这才明白，"功利性"也是一个不错的词儿。是的，任何事，都有它的两面性，功利性也是。用对了是动力，用错了就是阻力。

　　读书，原本是没什么功利性的，我这里指的是业余时间到图书馆读书消遣。可是，看着看着，功利性就出来了。《读书是件很安静的事情》一文中作者写道："我读过的书，实在地告诉我：你知道的非常少，你还有非常多的不知道。"于是，问题来了，知道的非常少，那么看书的目的就是为了知道更多，可是我们看书的人都懂得一个道理，就是你知道得越多，越看书越觉得自己无知！这是一个无限往复的循环，知识，永远没有尽头。

　　这里的功利性所指很明确，就是要不断完善自己，提高自己。面对自己的不足我们总不能清高地说为了没有功利性我不学习不是？

　　回到文章开头。

　　作为一个年轻的图书馆工作者，我真的觉得自己有太多要学习，没有点功利性，在这个行业寸步难行。所以，我开始重新拾笔，更加用心。

　　我相信，学习和工作一样，我们服务千千万万个读者，不可能每个读者都对你的服务满意，可能某个读者觉得你的服务不合他心意，甚至多余，就如我偶尔在微信后台发文后，总有那么几个读者觉得不满意，那些个差评会穿越千万个好评和称赞，气势汹汹直击心脏。可是，我们不怕苦的图书馆工作者会用一百种一千种方法让你爱上图书馆，直至所有的不屑都变成点赞。

　　为了书香飘溢，于我而言，讲求点功利性真的挺好！

书缘韩石山

康　健

　　我知道韩石山先生的名字早矣！

　　20世纪80年代，我喜欢上文学以后，就发现韩石山的名字频频出现在报刊杂志。他以小说驰名文坛，长篇小说《别扭过脸去》、中篇小说集《魔子》、中短篇小说集《鬼府》、短篇小说集《猪的喜剧》《轻盈的脚步》，深受我的喜爱。散文集《亏心事》《我的小气》，以真实细腻、生动叙述，曾经给过我许多启示。评论集《韩石山文学评论集》、文论集《我手写我心》《谁红跟谁急》见解独特、文风犀利，颇受读者好评，并因此赢得了"文坛刀客"的美誉。

　　近年来，韩石山先生潜心于现代文学研究，《李健吾传》《徐志摩传》《寻访林徽因》《少不读鲁迅，老不读胡适》《民国文人风骨》等专著，在文坛上刮起了一场又一场"韩石山风"。

　　我也知道，韩石山先生对于日记情有独钟。凡是与日

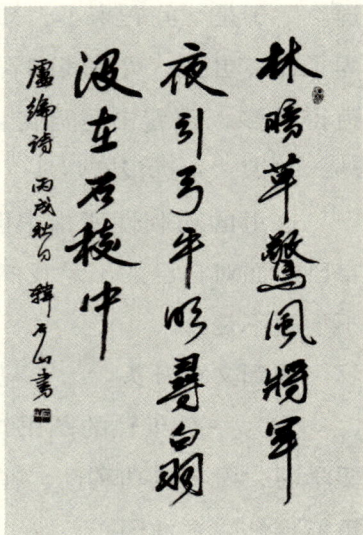

记有关的事，他都愿意去做、乐意去做。在我和杭世金合著的《名家谈日记》一书中，就曾编入过杭世金采写的《写日记，坦诚地面对自己——著名作家韩石山访谈录》。我的朋友古农编完《书脉日记文丛》一套四册《日记序跋》《日记品读》《日记漫谈》《日记闲话》后，韩石山先生热情作序，为此增添了不少光彩。

作为山西省作家协会副主席、《山西文学》主编，韩石山先生还"利用职务之便"，在他主编的《山西文学》上，发表过许多与日记相关的作品：《茶园日记》《志愿者日记》《为了忘记的日记》《一只英国山地犬的日记》《鲁院日记》等等，是所有省级作协所办的文学刊物中，发表日记类作品最多的一种。

我曾写过一篇《韩石山：关于日记的痛苦回忆》，收编在我的《高远集》中。书出版后，我便给他寄赠一册，请他能够批评指正。

然而，韩石山先生人忙事多，我不曾收到他的回信。但这并不妨碍我对他的满心敬仰。2013年9月，我的《清远集》出版，我又给他寄赠一册，无非是请先生留存罢了。

可是这一回却大大地出乎我的意料，《清远集》中虽没有关于韩石山先生的只言片语，但他却给我用蝇头小楷写了回信。

那是2013年10月22日下午，天晴气爽，阳光明媚，我刚走进校门，门卫就对我说："老康，有你的一个挂号邮件。"

接过一看，寄信者是山西省作家协会韩，包裹得极为严实细密。匆忙拆开，见是韩石山先生寄赠的《少不读鲁迅，老不读胡适》，扉页上写道："康健先生雅正　韩石山。"里面还夹着一封短笺——

康健先生：

　　寄来的大著《清远集》收到了，谢谢！先生研究日记有年，出版专著两部，可喜可贺！我于此道亦颇有兴趣，写日记几十年不辍。我以为这几十年的真实历史存在于民间各类人士的日记中。现在提倡写日记固然有修身的作用，更为重要的是为当今社会留下了一份真实的记录。奉上我的一本小书请指正。《高远集》亦收到。乞谅！

　　文祺！

韩石山
二〇一三年十二月十七日

　　《少不读鲁迅，老不读胡适》是当代文坛上的一部名著，久觅不获，而今却意外地得到了签名本，真是喜煞我也。

　　读过韩石山先生的这部大著，收获极多。为了向他表示感谢，我取出库存无几的《名家谈日记》一册给他寄去。同时寄去的，还有我撰写、编辑的十五期《日记闲话》。

　　我知道，韩石山先生的书法了得，在大翻译家许渊冲先生的客厅里，就挂着韩石山先生题赠的"春江万里水云旷秋草一溪文字香"的墨宝。我从韩石山先生的博客里看到过他写的这副对联，因欣赏其意境，也曾自写一副，装裱后挂在了我的办公室中，使整个办公室顿生雅意。

　　既然韩石山先生对日记也有浓郁兴趣，请他书写我的那首"日记虽小天地大，天下名人都爱她。今日洒下一滴汗，明朝开出万朵花。"的打油诗，然后将它挂在墙上激励自己研究日记，岂不是一件更妙的事情？

　　为此，我借着这次给韩石山先生寄书的机会，写信提出了这样的欲求。但是，信寄走后，了无消息。而他的博客，自

2014年1月10日之后，也未再更新。

韩石山先生曾得过一次急病，差点与这个世界告别。不知现在的他身体可好？说实在话，我很想念他，很想念这个有骨气、敢担当、在中国当代文坛上绝无仅有的"独行侠"式的大作家。

2014年2月18日于京东燕郊高远斋

第四辑　书　林

读物选择与幸福追求

——《窦桂梅：影响孩子一生的主题阅读》推介

秋 禾

在知识食粮供给上，21世纪初出生的孩子，与20世纪出生的中国人相比，最大反差大概就是儿童读物的多少。因为曾几何时，"没有书读"，是20世纪出生的人几乎共同的一种"童年底色"。

1914年出生在湖北黄安，后来成为著名文学翻译家的叶君健说过："现在超过六十岁的人，如果回忆起自己的童年，一个很尖锐的感觉恐怕就是：那时没有书读——至少我个人是如此……所谓儿童的'精神生活'或'文化生活'，根本就没有。那时，'儿童文学'也根本不存在。"比他小一岁的上海儿童文学家贺宜在《为了下一代》中现身说法道："我从自己的际遇，深切体会到童年时代阅读的书，会对一个孩子带来多么大的影响。我们那时基本上没有专给孩子看的儿童读物。我们生吞活剥或者一知半解地看一些大人的书……可是对缺乏辨别力的孩子们的思想感情来说，却会带来不利的影响。"

如今，从绘本到书本，从教科书到课外书，已成为一个中国孩子成长的基本知识台阶。但在现实中也遇到了一个无比重要的问题，那就是如何"选书来读"、怎样才是"开卷有益"即"读什么，怎么读"，已成为摆放在师生们面前的一个必做题。清华大学附属小学校长、特级教师窦桂梅女士认识到："今天我们给孩子什么样的阅读底子，决定着孩子未来拥有什么样的世界。"为此，她带领清华附小"语文主题教学"的教学、科研团队，依据小学六个年级的知识接受程度，在书林学海中提炼出了40个主题，相应精选了中外古今220篇佳作，编著成一套共六册的《窦桂梅：影响孩子一生的主题阅读》，由江苏凤凰文艺出版社与华东师范大学出版社在2015年6月联合推出。

窦老师在今春所写的全书序言中反省说，当下的课堂教学采用的是单篇教学方式，从而严重缺失了对于中外经典读物的整体导读，因而难以引导孩子们的文化涵养走向深厚与深远。为此，她特别看重书目推荐和选择的"经典性""序列化"和"趣味性"原则。她指出：

> 我们基于清华附小学生发展的五大核心素养："身心健康""成志于学""天下情怀""审美雅趣""学会改变"，用"主题教学"撬动学校"1+X"课程的构建和实施，把校内国家课程校本化。其中，"书香阅读"作为学校的特色课程之一，已彰显其魅力……"主题教学"在对使用的教材确定单篇经典阅读、群文阅读的基础上，补充了经典阅读篇目和180本必读、选读书目的推荐……可以说，这些阅读内容，形成了儿童阅读的两座灯塔：一座是远处的国学经典，一座是近处的中外儿童经典读物。两座灯塔共同照耀并完整儿童的心灵世界。

　　如此的构思和配置，使本书系成了一套适合当今小学各年级学龄儿童择需而用的"优粮菜单"。难怪"全民阅读形象大使"、中国阅读学研究会名誉会长朱永新先生评介说："清华附小是一所培养学生阅读兴趣、提高学生阅读能力、养成学生阅读习惯的学校。"如在第一册中，编者针对从幼儿园跨入小学校园的一年级新生，设计了七个阅读主题："我是谁""我和我的动物朋友""第一次发现""小豆包上学记""幸福到了鼻子尖""小公主·小王子""小山上的风"。除了配置相应的佳作片段外，还有一份供阅读能力强的孩子延伸和深化阅读的"阅读单"，其中包括"我阅读，我感悟""我阅读，我实践"和"我阅读，我挑战"三个环节，体现了以人为本、因材施教及由浅入深、循序渐进的教育原理和实践规则。

　　今年春天，年届六旬的著名影星成龙出版了他的自传。他是在1954年4月7日出生于香港的，他说人生最大的遗憾是，小时候在戏剧学校只简单地念过一点"四书五经"，"没有好好读过书"，以至于很多国际性的重要活动邀请他，因对自己的知识水平、文化底子和谈吐缺少自信，他都不敢答应去参加。"这些年，如果说有什么事是我真的后悔，真的想重新来过的，那就是想回到童年，把书读好，这是我现在唯一后悔的事情"。比他晚一年出生在山东高密农村的莫言则回忆说："十几岁的时候正赶上'文化大革命'，辍学回家。但那时的我已经具备了很强的阅读能力与对读书的渴望。而最大的痛苦是，没有书读。为了读到一本书，我常常要付出沉重的劳动来进行交换"，当回顾走过的道路，他的最大体会是"阅读对我人生的发展起到了不可替代的作用"，而要在海量的书潮中不迷失，不茫然，最好的办法就是读经典的东西。

　　"阅读是美的，阅读是甜的，唯有阅读，人生才如此美好与明亮"。这是北京大学教授曹文轩在推荐《窦桂梅：影响孩子一生的主题阅读》时说的话。诚然，中外人物读书成材的经历，揭示了读物选择关系着孩子们的未来人生幸福的社会规律。假如从本套读物出发，孩子们是不难步入语文阅读新天地的。

2015年8月19日于金陵江淮雁斋

为《中国现代作家传略》说几句话

朱金顺

  在《张掖阅读》报第四期上，读到胡先生的《配书苦乐》，看了他讲《中国现代作家传略》"内部使用"本的文字。正巧我有此书，说说怎么买的，也补充点意见，或许可广见闻吧！

  我1955年考入北京师范大学中文系，毕业后留在母校教书，直到退休，先教写作课，后教中国现代文学。对中文系使用教材的情况是了解的，说说我校，可知全国。"文革"以前，中文系没有统编教材，任课教师自定。记得李长之教授教先秦的那段文学史，就用自己刚出版的《中国文学史略稿》，其他课有发讲义的、有发教学参考资料的。诸如《文艺理论教学参考资料》《儿童文学教学参考资料》等等，均由学校印刷厂铅印，称内部教材，教研室总是用它"内部交流"，寄赠兄弟院校中文系或教研室。别的学校也如此，这些"内部交流"的教材、教参，许多放在中文系资料室的书柜中，供大家使用，我想，其他高校也都如此吧！稍后，这些内部使用的教材、教参，也可以买到，以收到通知、资料室代办的形式，自己交钱去买。但到1966年，"文革"开始后都"停课闹革命"，这类内部教材自然都不能编写、印刷了。

  进入20世纪70年代，在高校，教学活动又慢慢恢复了。先是办师训班，1973年开始，招收工农兵大学生，1977年则开始了大学本科招生。这段时间，公开出版著作还不易，但各校在印刷厂铅印各类"教参"的风很盛。非公开出版物，不能发行；但可以在系里买到，也常收到同行的赠书。看看自己保存下来的，有几十本之多。这类书在封底上，印着"内部资料""内部教学参考""内部参考""内部使用"之类的文字，表明它不是公开出版的书，"请勿外传""请勿引用"。记得当年关于鲁迅的教参较多，诸如《鲁迅杂文书信选》《鲁迅诗歌研究》《鲁迅生平资料丛钞》等。还有就是研究现代作家的资料，前边说的《中国现代作家传略》就是其一，同类的还有《中国文学家词典》（现代第一、第二分册，北京语言学院编印）。前者后来由四川人民出版社出版，后者则由四川文艺出版社出版，含当代部分，出到第六分册。

《中国现代作家传略》（内部使用、不准翻印本），确是一本好书，保存了大量作家自传，从史料角度说，这些第一手材料，比编撰者写的小传、传略词条，更具文献价值。全书共五辑，第一辑前边的"编辑说明"告诉我们，编辑此书得到中国文联、各地文艺团体和广大作家支持，茅盾先生题写书名。明确交代："已经去世的作家传略，由我们组织人员编写。"（执笔者名字，写于传末）"健在作家的传略，则请作家本人撰写。"（凡自传均在目录上注明）第五辑最末有"编后记"，说明："共收录了'五四'以来296位作家的传略，其中作家的自传254篇。"撰写自传的作家有许多如今已故去，在那特殊的年月，徐州师范学院的同行们，极有眼光，组成《中国现代作家传略》编辑组，用两年多的时间，完成了这套书，保存了那么多珍贵文献。此书极好，它保证了传记资料的真实性，我至今常常使用。

最后，说说我怎样买此书。高校间发行内部教材、教参的办法是一样的，编印单位在书快印好时，向兄弟院校发征订单，各系资料室代为征订，然后收费邮购之。《中国现代作家传略》是陆续编印完成的，我们陆续买到。各辑编印时间，都印在该书扉页上，1978年10月第一辑完成，下一年是二、三辑，1980年完成最后两辑。第五辑扉页和"编后记"，均署1980年9月，该辑最后有全书的"总目录"。印好一辑，我们邮购一辑，但不知为什么，第一辑我有两册，版本不同，目录一样，但总页码不一样，是用两个版印的。是不是一起买的，记不清楚了。六册书上，均印有"内部使用、不准翻印"。书均为小32开本，绿色封面，用纸也相同。但书上印的印刷厂家不尽相同。在当年那些内部交流教材中，此书品相对较好，封面正中茅盾题书名，竖排，各辑前边，有不少作家照片，在第一辑前边，有许多作家自传的手迹和来信影印件。

三十多年过去了，翻翻这些"文革"刚结束时的内部资料，想想自己当年的教学生涯，感触良多。我要珍藏当年陆续买齐的这套《中国现代作家传略》，它是文献史料，也是岁月的留痕。

2015年10月3日于北京师范大学寓中

"民国书"的话题

贾登荣

这些年，不仅到实体书店购书，"民国书"的品种让人目不暇接，大有"乱花渐欲迷人眼"的感觉；就是到网上购书，仍然是林林总总的"民国书"不断如过山车般地映入眼帘，让人有些"找不到北"。

"民国书"的大量出版，说明出版界终于挣脱了几十年来意识形态的束缚，开始用实事求是的态度，去发掘那段历史，去认知那段历史，去了解那个时代的人物。这对于历史的延续、文化的传承，是大有裨益的，值得大加点赞。

不过，"民国书"出版红火的背后，也出现一些隐忧，一些乱象，让读者感到困惑，也值得出版人反思。

跟风严重，是当前"民国书"出版中最大的弊端之一。某一题材的"民国书"畅销后，于是就有多家出版社拾人牙慧，蜂拥而上，市面上马上会充斥同一类型的图书。这些年，围绕林徽因、萧红等民国人物爱情生活的书，就占据了"民国书"出版相当大的比例。这些书东拼西凑，改头换面，内容大同小异，并没有什么新的史料、新的发现。有的出版社看到一本书畅销之后，干脆改个名字，让图书重新上市，这既浪费出版资源，也欺骗读者感情。跟风严重的民国书，一般都是热衷于用名人的私生活作为"卖点"。于是，就有那么一些人，千方百计去寻觅、挖掘名人的隐私。于是乎，在一些"民国书"中，"三角恋""四角恋""婚外情"等，成为图书的主要"卖点"。在这种思维指导下，鲁迅偷窥弟媳洗澡而导致兄弟反目、萧红和鲁迅有染等这些毫无根据的东西，被堂而皇之地写进了一些"民国书"。这样的书，应该是无聊的、低俗的图书，只能算是制造了一些文字垃圾，半点审美价值、历史价值、社会价值也没有。

　　粉饰太平，抹杀历史的真实，严重误导读者，是一些"民国书"的又一弊端。有的"民国书"，并没有去考证真实的民国现状，就把民国时代的社会环境描写得一派歌舞升平、和谐昌盛。在他们的笔下，民国社会官场风清气正，官员廉洁奉公；人民安居乐业，悠闲自在；知识分子享受充分的自由，在学术舞台上大展才华……这样的"理想"国度，既没有灾难，也没有饥馑。如此风清气朗，盛世太平的社会环境，也让人们无所事事，天天沉湎在花前月下，谈情说爱的悠闲状态。正是因为这样的书籍的误导，才使社会上近年来大有"回到民国去"的呼声。其实，真实的历史并非如此！从民国成立到退守孤岛的这三十多年里，民国，应该动荡多于安宁，战争多于和平。无休止的战乱，特别是日本帝国主义入侵中国的那段岁月里，生产力遭到极大的破坏，社会秩序相当混乱，民众生活苦不堪言。哪里会是一片莺歌燕舞的状态呢！这样的图书，既是对历史的亵渎，也会误导社会，特别是青少年。

　　其实，一个社会，是由政治、军事、经济、教育、科学、文化等方方面面组成的。要让人们真正认识真实的、完整的民国，就要从社会生活的各个方面入手，而不能剑走偏锋，只偏重于某个领域，让读者感受不到一个有机的社会形态。这方面，有的出版社就意识到了。最近，有幸读到这么两本书。一是浙江人民出版社出版了的《光荣与梦想》。这本书把早已经湮没在历史中的"中国公学"这段历史挖掘了出来，展现在人们面前，让人由衷地感受到、体会到民国知识分子"教育救国"的抱负；二是商务印务馆出版的《浪迹十年之联大琐记》。这是原清华大学教授陈达先生的一本日记。记录的是他在抗战期间颠沛流离过程中的所见所闻。这本日记将日本侵略者入侵中国对人们生活的影响、当时的社会状况、知识分子在战乱中的坚守等，通过日记呈现在读者面前，读来耳目一新，让人饶有兴趣，并从中感受到真实的民国生活形态。这些能准确反映民国历史的书，勾起人们缅怀与追思的"民国书"，才是出版人应该奉献给读者的书。

看来，对于"民国书"的出版，有必要进行思考。那就是，"民国书"，不要一味只是风花雪月的展示，更不能抹杀历史的真实胡编乱造；"民国书"，不能搞一花独放，一枝独秀，而要博采广撷，百花齐放，"民国书"，应该对民国社会各个层面深入的发掘，细心的采撷，把完整的民国呈现给读者，才能让民国这段历史发挥"以史为鉴"的作用，服务于当代社会。当然，"民国书"的社会效益，也就会得到最大程度的彰显。

蒋星煜先生的第一本书

毛本栋

　　著名戏曲史理论家、史学家、作家蒋星煜先生于2015年12月18日仙逝，一生走过九十六个春秋，七十余年学术生涯，留下了三千余万字的文史著述，八卷本《蒋星煜文集》（上海人民出版社，2013年10月版）是其中的精华部分。文集内容涵盖戏剧、文学（创作、评论）、历史、社会、书学、文献学等诸方面，反映了蒋先生涉猎学术领域之宽广。其中第一卷收录了《中国隐士与中国文化》《颜鲁公之书学》《史林新语》三部专著，而《中国隐士与中国文化》则是蒋星煜先生著述生涯中的第一本书。

　　20世纪30年代末，蒋星煜就读于复旦大学英文会计专业。抗日战争爆发，中断了他的学业。他于是离开孤岛上海，辗转来到重庆，经人介绍，谋得一份国民党中央政治学校图书馆管理员的职业。带着思想上的苦闷和惆怅，他一头扎进书堆里，钻研起经史子集，通读了"二十四史"，进而还对经济、考古、宗教、书法、中医等进行潜心研究。图书馆里有一个小房间，放置着马列主义著作，蒋星煜就在这里学起了辩证唯物论和历史唯物论。

　　他有一天突然彻悟：自己虽身处乱世，却能在图书馆里搞学问，很像古代的隐士。这一想法竟发展成他的学术研究。他开始广泛收集中国历代"隐士"的资料，并开始从中国文化与其产生和发展关系作研究。晚上回到宿舍,他就依靠一盏幽暗的柴油灯,握着一支毛笔,埋头做读书笔记。喝一口茶,却感觉喉咙发毛,仔细一看,杯子中停着不少大大小小的虫子,原来进入无人之境时,除了蚊子还有那么多虫子陪伴着他。埋首于浩瀚书海,沉浸于学术研究,蚊叮虫咬,他已浑然不觉。一个小小的图书管理员,就这样写出了他在中国文化史上留下印记的第一本书《中国隐士与中国文化》。1942年,《中国隐士与中国文化》由世界书局出版发行,这一年他才二十二岁。1988年,该书由上海三联书店影印出版;1992年,上海书店将它作为"民国丛书"之一,再度重印出版。

当年《中国隐士与中国文化》甫一问世,就引起了现代思想家、著名学者梁漱溟先生的热切关注。1948年,梁漱溟先生在他的《中国文化要义》一书中引用评论了蒋星煜的论点,并因之将隐士作为中国文化的第十四特征而加以研究。六十年后,蒋星煜先生参考了梁先生的意见,开始对《中国隐士与中国文化》进行修订。2009年6月,修订后的《中国隐士与中国文化》由上海人民出版社出版,由此可见此书生命力之雄勃。

韦泱先生近日在《追忆蒋星煜先生》一文中忆述,他有一次跟蒋星煜先生谈起"何以年纪轻轻却写了这样一个沉重深奥的话题,蒋老不无感慨"。原来蒋老当年撰写《中国隐士和中国文化》时,抗日战争进入了最艰苦的相持阶段,日伪气焰嚣张,做垂死挣扎。全国军民浴血奋战,决意打败日本侵略者。而一些知识分子看到当时一些政府官员腐败无能的表现,既不愿与之同流合污,又看不到中国的出路与前途,于是纷纷遁入各种陶渊明式的桃花源,过着隐士般的生活。蒋星煜先生联想到自己,尽管一边在学校图书馆任管理员,埋首书堆，一边以笔为武器，撰写了不少宣传抗日的诗文，但也时有"莫谈国事"的顾虑，多少也属于"隐于市"的隐士一类。面临这种种严峻的现状，自然引发了他对隐士含义及历史渊源的更多思考，而且回顾自"五四"以来，还未有人注意到这种独特的隐逸文化现象，遂决定研究这一专题。他在《中国隐士和中国文化》一书中分十个专题，论述了历代隐士的形成因素、地域分布、类型划分等问题。这是蒋星煜先生第一次对隐士的论述，他也是我国现代学界最早重视这一命题的学者。

莫言小说退货与阅读习惯

巴 陵

　　2014年，文学和出版最具新闻性的话题莫过于莫言的小说某出版社退货码洋达950万元，占总印数的10%。这则新闻一经发布，许多媒体相继转发，出版界、文学界为之震惊，作家和出版人都胆战心惊，以为出版和文学到了末日。网络和媒体有人开始胡言乱语，说出版没落、文学低迷，大放厥词。又有谁看到了另外一头呢？已经销售完的那部分，出版社销售多少、盈利多少呢？

　　我作为出版界的业内人士，想针对莫言小说退货事件谈谈自己的看法。

　　莫言自2012年10月获得诺贝尔文学奖，作品在2012年11月大量出版和加印，书籍充塞小书店、新华书店、图书城、图书超市、图书馆等地方，很多地方还为莫言的书辟了专架、专柜。参与这次市场瓜分的出版社有人民文学出版社、作家出版社、上海文艺出版社、长江文艺出版社、中国青年出版社、四川文艺出版社、华夏出版社、金城出版社、花城出版社、北京燕山出版社、南海出版公司、当代世界出版社等二十余家出版社。在2013年到2014年间，出版界的莫言热一直没有停止过，莫言的师友录、亲人述说、评传、传记、理论研究、评论文集、研究资料汇编等图书出版了不下两百余种，发行量都极其可观。

某出版社出版莫言的作品，经过两年的市场销售，还有950万元码洋的书遭到退货。这确实是个巨大的数字，按均价三十元左右一册的定价，退货的书籍达30万册。但是退货的图书只占总印数的10%，也就是说某出版社已经销售了270万册。据出版莫言小说最多的出版社之一的上海文艺出版社透露，上海文艺出版社出版的莫言作品总码洋达两亿元，按退货量码洋950万元来计算，退货率不到5%。这里，某出版社很可能存在隐瞒印数的行为或者是故意抬高退货率，找莫言抹掉退货部分图书的稿酬。

　　某出版社出版莫言的作品的总码洋是9500万元，我们用最保守的方式去计算，他与上海文艺出版社占市场总量的30%，其他二十多家出版社的印刷总量占70%。那么说，全国二十多家出版社的正规印刷量，也是他们通知莫言领取稿酬的印刷量就高达3000万册。另外一种计算方法，以上海文艺出版社的印刷量占10%，其他出版社的印刷总量占90%，那么正规印刷总量是6000万册。他们的市场主要是一线、二线、三线城市的个体书店、新华书店、图书城、图书超市等地方，满足城市的知识分子需求。

　　我国的出版市场，从来都不是那么规规矩矩，图书市场有畅销书存在，就有盗版的生存空间。如出版社和文化公司隐瞒印数的盗印，再加上印刷厂的偷印、地下作坊和小作坊以及书商的大规模盗版等，各种盗版物的总量只按出版社印刷总量的两倍计算，莫言的作品大概盗版是6000万册到1亿册之间。

　　可以估计，2012年、2013年、2014年三年，大陆出版莫言的小说最低量也是1.5~2亿册之间。这还不包括莫言1985年成名以后出版的印刷总量，1985年至2012年10月前，莫言出版了长篇小说十一部，中短篇小说集十余部。也就是说，现在每十个中国人手里有一个人曾经购买过一册莫言的小说，这是我国出版界的神话，也是世界出版界的神话，这是一个非常令人震惊的数字。我想，在以后相当长的时间内，莫言的书还是一个销售热点。那些买了莫言一部分作品的读者，还会购买和收藏莫言的其他书籍。莫言作品的这种畅销态势，还将延续五年到十年。

某出版社出版莫言的小说达300万册，要支付莫言的稿酬在1140~1425万元之间。他们销售了270万册，按30%的盈利空间来计算，某出版社就盈利2850万元。退货的30万册书，按18%的成本计算是171万元；但是他们按7折发货，销售完这30万册书，还可以获取494万元的利润。这个数字，相当于一个地方出版社或者北京科研院所出版社一年的图书利润。所以，某出版社要想办法把这些退货的书销售出去，减少库存，榨取最高的利润。

再回过头来，看看我们的国民，从古代到现在，他们都没有阅读的习惯。古代的科举考试，知识分子研究"四书五经"，以求升官发财。现在的学生多读课本，考个好大学，毕业找个好工作，就了结了读书。我国知识分子最缺乏的是终身教育和自学，他们进入工作岗位，最多读本专业方面的书，提高技术，多拿工资；而文艺类和生活类的休闲之书已经离他们远去，他们不需要这些修养和雅兴。现在，文化界连作家、记者、编辑等知识分子都很少读文学类书刊，甚至完全不读书。莫言获诺贝尔文学奖之后，在短短的两年之内，他的作品在中国市场上卖掉1亿多册，这个天文数字是非常有震撼力的，也是极理想的数字了。

有人说，马尔克斯的《百年孤独》已经在中国市场卖了将近400万册，他哪里又知道，莫言的《蛙》在中国市场短短的两年之内早已经卖了1000万册呢？卖400万册的书在中国早已不是神话，中国获茅盾文学奖的长篇小说中有很多早就发行量超过400万册。

现在，大众阅读趋向多元化、边缘化、时尚化、碎片化、通俗化、年轻化，阅读工具不只是纸质图书，还包括手机、电脑等工具。时下流行的"文学面临危机""文学已死""小说已死"等论调，都是一些无知的人的无病呻吟和自责，他们不知道真相，到处附和和传话。

其实，莫言获诺贝尔文学奖给中国文学和出版带来了一针兴奋剂、强心剂和清醒剂，让大家重新认识文学和出版，也让作家重新认识写作和创作。在现在报刊大量停刊、出版人转行、发表空间萎缩的情况下，莫言获诺贝尔文学奖带动了中国的出版市场。一线作家、二线作家，甚至三线作家和一些报刊写手的作品也开始热销，买新书、读新书的人渐渐多起来了。2013年、2014年两年，我了解到的地方出版社，他们出版的书明显增多，编辑感觉想出书的作者也越来越多，就是协作出版市场也在逐步活跃起来。

韵语醉西窗，骚坛自引航

——《西窗韵语》序

张克复

甘州才俊、青年诗人陶琦君，吾之诗友也。经年笔耕不辍，时有诗作发表，誉满陇上诗坛。其新著《西窗韵语》行将付梓，有幸得以先睹，实为快事也。

《西窗韵语》乃陶君近三年耕耘骚坛之结晶，收入诗、词、曲、赋、联、论千余篇。其取材广泛，内容丰富，紧贴生活，辞雅意美，文笔流畅，感染力强。而又形式多样，风格各异，诸体兼善，佳作纷呈，读来兴味盎然。集中诗词，兴、观、群、怨，皆缘乎情，发乎心，合乎理。

直面现实，反映民生。陶君关心国事兴衰，心系民生疾苦，以诗人特有的敏锐，对现实生活进行了细致入微的观察与思考，对现实生活中存在的突出矛盾，既没有熟视无睹、充耳不闻，更没有回避矛盾，粉饰太平，而是秉笔直书，呼吁社会上更多的人来关注下层人民群众的生活命运，对振兴中华寄予厚望。如其《民生诗十七首》中之《物价》《就医》《农民建筑工》《上大学》《调资叹》《小学生》《堂兄夜话》《食品安全叹》《清洁工》《房价叹》《留守老妇言》及《水调歌头·关注三农》等，无不倾注着诗人忧国忧民之深情。

陶君爱憎分明，对当前腐败之风深恶痛绝，如其词作之中调《江城子·肃贪》：

中央下令肃贪赃。振朝纲，意坚强。海角天涯，法网满天张。行败露，秽难藏。 逃生无处首悬梁。腐风狂，路犹长。事涉民生，正气自堂堂。长治久安维社稷，扬法剑，斩群狼。

此词义正词严，对贪官污吏，当头棒喝。若贪者观之，必"闻诗丧胆"；若百姓读之，必抃掌称快；而若当权者阅之，当也应警醒目诫。作品不仅体现了诗人的性情品格和社会责任感，也体现出诗词的感染力和社会价值。

国家取消了农业税，农民普遍得到实惠。诗人激情澎湃，引吭高歌，写下了《诉衷情·农家乐》：

春风浩荡遍天涯，时雨润桑麻。中央下令耕地，免税惠农家。 传喜讯，遍山洼，笑声哗。万千农户，彻夜难眠，脸绽红霞。

作者为民代言，写出了广大农民欣喜和自豪之心声。

爱亲敬友，一往情深。陶君秉性沉稳，性格开朗，感情丰富，交友广泛，待人诚恳，乃重情重义之人。由《西窗韵语》的不少佳作中，可感知他对父母有孝心，对晚辈有爱心，对朋友有真心。如其《水调歌头·答谢岳父母》（今韵）：

家有老人好，儿女享清福。爹娘经验丰富，阅历贵如珠。教训孩儿成长，指点孩儿创业，少走路崎岖。奉献无私念，默默不求图。 帮儿女，做家务，育儿雏。无怨无悔作家奴。只要家庭和睦，只要孩儿进步，再累也心舒。每念亲恩重，两眼泪模糊。

又如《水调歌头·儿女成长史》（今韵）：

父母心头肉，爷姥掌中珠。精心呵护无怨，渴望早成熟。含在口中怕化，捧在手心怕掉，美味壮身躯。倘若胡哭闹，从不动蛮粗。 如生病，忙把那，大夫呼。改天长大，还送学校念诗书。工作成家立业，挣币养家糊口，默默路平铺。耗尽心肝血，为汝展宏图。

再如《水调歌头·敬赠张志纯老先生》：

> 史苑多才俊，拔萃数张公。一生情系方志，从未改初衷。搜集珍稀史料，抢救濒危书志，足迹遍西东。编纂勤挥汗，风雨老颜容。　耄耋近，雄心在，再弯弓。发挥余热，举笔著述乐其中。褒贬今朝往昔，评议忠奸善恶，尽职树新功。翰墨留青史，业绩万人崇。

还有《悼母六百八十字》《赤子吟》《水调歌头·清明悼念父母》《致京华杨涛贤弟》《沁园春·敬赠王传明教授》《沁园春·纪念郭嵘年先生》《水调歌头·祝贺张嘉光老师诗集付梓》等诸篇，皆诗生于情，情寄于诗，诗情并茂之作，非有真情实意，岂能为之哉！

乐山乐水，关河神游。陶君有诗人禀赋，对自然景物、名胜古迹情有独钟，"登山则情满于山，观海则意溢于海"，常为祖国的大好河山、秀丽风光所激赏，为中华的古老文化和沧桑变易而感慨，遂由景生感，发而为诗。如《登南京狮子山阅江楼题句》《秦淮河畔抒怀》《登镇江北固楼感述》《乘"乾隆号"游瘦西湖》《访朱自清故居留吟》《昆明石林》《登海南东山岭》《游览海角天涯风景区》《桂林山水》等等。特别值得一读的是其抒写家乡张掖的纪游诗，如《张掖大佛寺行吟》《文友大佛寺雅聚喜赋》《沙井灵隐寺》《古城观菊》《记文友南山小聚》及《水调歌头·我爱金张掖》《水调歌头·祁连美玉赞》《与友人登张掖钟鼓楼》及《水调歌头·张掖大佛寺》诸篇，更是情景交融，感人至深。其《鹧鸪天·记海潮坝诗友小聚四》：

> 一入深山望眼迷，珍珠满树挂高低。长天野鹤寻常

见，峡谷青羊断续驰。　山寂静，水神奇，斜阳已落步回迟。鸡虫得失谁还睬，乐水乐山乐赋词。

作者热爱祖国河山、热爱家乡的赤子情怀，淋漓尽致，跃然纸上矣！

咏物寄意，托物言志。《西窗韵语》集中部分作品，多含讽喻而又富哲理，状物吟风，自成一格。代表作如绝句《十二生肖题咏》，其中《咏鼠》：

尖嘴利牙咬库门，偷粮盗谷闹千村。

殃民祸国行无忌，多少贪官是子孙。

《咏马》：

昂首扬鬃气自豪，跋山涉水不辞劳。

日行千里征夫赞，至死无缘伯乐挑。

《咏猪》：

大腹便便耳朵长，成天圈卧吃糟糠。

身多屎尿生前臭，体壮膘肥死后香。

篇篇借物喻义，明似咏物，实则写人。或刺丑，或赞美，或为不公而鸣不平，皆警世觉迷之作也。

人生不易，感悟励行。诸多艰辛和做人之道，都是在人生旅程中方可体味感知，且须不断陶冶性情，调整目标，努力奋斗。《西窗韵语》中的不少作品，如《惜春》《四十四岁抒怀》《满江红·遣怀》《水调歌头·岁杪感怀》《<西窗韵语>付梓感赋》等等，均发出了光阴易逝、人生坎坷、壮志难酬、功业未就之喟叹，读来令人唏嘘。

其《满江红·遣怀》：

曾把青春，都付与、凄风冷雨。多少个、夜深人静，挑灯捧读。忘我呕心迷哲圣，追源溯本研今古。尝百味、十载守寒窗，明天赌。　惊回首，愁满腹。谈理想，仍如故。叹人生不易，谁与倾诉？总梦大鹏云天跃，常祈骏马疆场舞。望来路、前景信光明，吟新赋。

这是一阕言志词。诗人追怀少求学问，志行修谨，叹息长而鹏志未遂，而又心冀未来。作品表现了诗人怨而不怒，知难不弃，不坠青云之志，前瞻再"吟新赋"的悲壮情怀。当属好词也！

陶琦君勤奋创作，作品富出，较之曩日曾出版的《东篱诗草》《南山吟稿》，《西窗韵语》佳作琳琅，更胜一筹，并有新的突破。而陶君之诗人气质亦更凸显。毋庸讳言，陶君的诗词作品还未达到尽善尽美、炉火纯青的地步，某些作品尚有失律，在营造意境、推敲字句、求新求美等方面尚嫌不足。然陶君年富力强，依其才情，相信假以时日，复经不懈努力，定能在诗词创作上再攀高峰，写出更多无愧时代的精品力作来。

尤当提及的是，陶琦君还是甘州区及张掖市诗词事业的推进人、带头人之一。他不唯自己坚持创作，而且多方鼓呼，与同道诸友积极倡导，在市党委、市政府的支持下，成立了甘州区诗词学会；作为甘州区诗词学会负责人之一，致力于创办诗词刊物，主编《甘州诗词》，弘扬诗词文化，多著辛劳，功不可没。壬辰年底，陶君曾赋七律《迎春述怀》征和。一唱引来众人应。各地诗词名家竞相唱酬，鸿雁传书，短短一月之间，竟得和诗数十首，被当地传为诗坛佳话。正是因为有陶琦君等诸多诗友的共同努力，才使甘州区诗词学会成为省内最活跃、最富生气的诗词组织之一。若各地和各级诗词组织都有诸多勤于任事、乐于奉献者，中华诗词岂能不振兴、繁荣也欤！

乙未过半十本书

雷 雨

扬子江畔，酷热难当，盛夏伏热之中粗粗想来羊年大体已经近半，书生无用，盘点所读闲书，也算是烦躁闷热中的一种精神胜利。

《绍兴十二年》是夏坚勇先生经过多年沉潜细心打磨的一部长篇历史大散文。他做足了功课、下透了功夫，以清醒的价值判断、细密的考据功夫、清丽的老道文字，细细打量这样的一个所谓偏安王朝的一年四季春秋寒暑。夏坚勇夫子自道自己的写作曾经为了生存、为了虚荣，而如今的写作则是为了表达的自由，诚哉斯言。读夏坚勇先生在典雅雍容翠华摇摇的文字世界中，突然迸发出俗到极点的里巷村言，在这样的酷热当中，也算是一种清凉的宣泄与放纵。

《抗日战争》是向以撰著战争系列著称的王树增呼应抗

战胜利七十周年而推出的一部新书。他从《朝鲜战争》《长征》到《解放战争》，几乎篇篇走红，畅销一时，其文采、深度、眼光、解读文献的功夫，尤其在驾驭盘整重大题材的能力上，似乎给人以技高一筹之感。这本《抗日战争》第一卷，起印数就是10万册，看这样的架势，大概要写上至少三卷吧？第一卷自然是重头戏，虽然他只写了1937年至1938年，但还没有写到武汉大会战。王树增这部作品至少有这样的特点：着眼大势格局，颇有丘壑纵横；逼近历史现场，自有详略取舍；吸纳史学成果，较少固有套语；褒贬历史人物，力求客观公正。

《金雀花王朝》是英国人丹·琼斯所写的关于英格兰缔造者金雀花王朝的断代史。繁杂的历史事件既扑朔迷离扣人心弦而又引人入胜充满戏剧性，诸多人物都是性格突出而血肉丰满。书中即有国王、贵族、教士、贵妇、王室之间的阴谋诡诈凶残残酷，更有一代英主们纵横四海心雄万夫的异彩纷呈。作者的叙述灵动机智客观从容而又才华横溢栩栩如生，读过这样的历史通俗读本，再反观国内一些所谓关于历史通俗读物的苍白无力陈陈相因，可能会有呕吐之感。

《当图书成为武器》是一本讲述苏联时期帕斯捷尔纳克的《日瓦戈医生》在意大利得以以俄文出版的前前后后的故事。在作者不动声色的慢条斯理中，我们终于明白在世界出版史上居然有着如此荒诞的一页。看得出来，作者对帕斯捷尔纳克本人、对苏俄的思想史都有着精深的理解。他对帕斯捷尔纳克的朋友圈以及他所处的时代背景的解读甚至书中的标题，都是经过反复玩味一再推敲的。"不出版这样的小说，我们将犯下反文化罪"，闻听这样的评语，帕斯捷尔纳克的心中会涌起怎样的志得意满惨淡一笑，我们无从知晓，但我们知道的是，他于1958年荣获诺贝尔文学奖，而在1960年就离开了这个世界。

《大道与歧途》是王彬彬先生新推出的作品集，收录了大概十几篇文章。虽然《陈独秀留在沪宁线上的鼾声》《柳亚子的"狂奴故态"与"英雄末路"》《西安上空，大公报如雪飘飞》《郭沫若与毛泽东诗词》《作为留美学生的闻一多》，此前或在《钟山》杂志，或在其他报章，都已经读过，但旧文重温，还是常读常新，有些地方令人忍俊不禁，有些地方令人暗暗称绝。王彬彬的文章，真是越写越好看啊。《大道与歧途》涉及的人物除了上面提到的陈独秀、郭沫若、柳亚子、张季鸾之外，还有瞿秋白、茅盾、鲁迅、章太炎、胡适等人。而关于胡适，《大道与歧途》中至少有四篇文章论及，把胡适与鲁迅相比较的《"匕首"与"手术刀"》《谈谈胡适与胡风》《唐德刚笔下的胡适》等，算是把胡适的形象至少是依据王彬彬的解读立体丰满地呈现出来了。

《谦庐随笔》是日本人矢原谦吉关于中国的一本书。他对中国历史相当熟悉，对中国典故更是烂熟于胸，对三国人物水浒故事简直是融会贯通。说到当年主政湖南的何健与在湖北呼风唤雨的何成濬，矢原谦吉居然看得懂"三国丁廖翘首鄂湘"的谜面，也知道谜底却原来是"奉化之辈，奈何奈何"，以丁奉、廖化比喻当年炙手可热的何健、何成濬这两位所谓的"党国"要人，真是有"文化"得很啊。何健决策杀害了毛泽东的夫人杨开慧，而何成濬这位雅号"雪公"的地方大员，嗜好采补之术戕害诸多无辜少女。矢原谦吉与张恨水、张季鸾等人交情相当深厚，他与黄秋岳先生也很熟稔，但矢原谦吉却只字不提黄濬父子作为汉奸被枪毙的事情，而黄濬对孔祥熙之流的鄙夷不屑是否也是其背叛国家的一个原因？

《此史有关风与月》中最为耐读最见分量的还是"天

下"与"庙堂"两辑所收录的文章。不是张明扬钩沉出来朱云影的《中国文化对日韩越的影响》、葛兆光的《宅兹中国》，雪珥的《绝版甲午》，我们怎么会想到，"中国"这个称谓似乎天经地义理所当然非他人所能染指，实际上却并非如此简单明了。日本、朝鲜、越南也都曾经打过这个招牌或者说旗号的主意，"历史上异域的中国梦"，还真不是一句玩笑话啊。太上皇问题实在是中国封建王朝的独特历史现象，张明扬虽然也提到了赵武灵王这位"太上王"，但他主要还是围绕着李渊、李隆基、宋高宗、乾隆帝等知名的太上皇来展开自己的观察与思考的，这样的钩沉瞩目，这样的解析探讨，这样的细细打量，真是令人遐思无限，感慨无端。

《秋风吹不尽》是已故的萧默先生的作品集，书中回顾了他在敦煌十五年的诸多往事，而在《一叶一菩提》中的重磅文章《寻找家园之外的高尔泰》也在其中，此本书与高尔泰的《草色连云》对照着看，会更有意味。萧默原名萧功汉，是沪上知名学者新权威主义的主张者萧功秦的哥哥。

《孤寂百年》是雷颐先生关于中国现代知识分子的论著，他选取了十二位知识分子作为研究对象，除了大家熟知的梁启超、胡适、蔡元培、傅斯年、瞿秋白、闻一多、容闳之外，还有关于张申府、丁文江、陈翰笙等不大被人关注的知识分子的钩沉，而燕树棠则就更为冷僻了。但是把冯英子作为一个知识分子案例置于书的最后，总给人一种压不住阵脚之感，不知道雷颐先生出于何种考虑，难道有什么难言之隐？

《给孩子的散文》是李陀北岛继《给孩子的诗》之后趁势而上又编选的一本书。选本多多，见仁见智，重口难调，不足为奇，收入刘亮程、李娟的散文倒是令人眼睛一亮，高尔泰的《月色淡淡》也很不错，毛尖的《表弟》写得也很跌宕起伏。老舍笔下的姚篷子也是生动有趣，这位姚文元的父亲怎会想到自己的儿子后来居然进入政治局呼风唤雨多年啊。这本书选了鲁迅两篇文章，汪曾祺的实际上是四篇，而沈从文的《滕回生堂今昔》一文也比较长。夏丏尊的《白马湖之冬》、郁达夫的《江南的冬景》、丰子恺的《野外理发处》、张恨水的《对照情境》、冯至的《一个消逝了的乡村》、新凤霞的《左撇子》都是很好的经典名篇，编选这些文章，还是很有几分眼光哩。

晓看云起水歇处

萧　忆

　　生活，是一个作家写作素材的最原始积累。

　　生活之中的每一处花花草草山山水水，每一声欢颜笑语惆怅呢喃，都会在作家眼里，升腾成一种对大自然的来自心灵深处的眷恋。这种眷恋，会轻轻地飞扬在作家笔下的每一个普普通通的方块字上，从而形成对于存在于社会之上的观念和自然本质的炽恋。我和作家龙巧玲并没有谋面，只断断续续在网上交流过数次，她很多的作品，给我留下了深刻的印象。前几日，龙巧玲让我给她的最新散文集写点评论，我欣然答应。其实我对评论，既没有评论家的独到，又没有批评家的见地，只可以叫作读后感吧，把我读后的一些感想写出来。

　　我一直关注和偏爱旅行散文，作家龙巧玲，便是一位将旅行的足迹深深烙印在她每一篇极其柔美的散文中的大成者。在她的散文作品中，一种原生态的散文写作，给读者带来阵阵淡淡的清雅，读后甚是舒爽。作家龙巧玲的散文作品，是我见过的散文作品中极其令人赞赏的。她总是从清晨的晨曦中出发，在嗅着露珠清淡的芬芳中，为读者徐徐展开一幅安静祥和的生活场景。在她的文章里，又让我们看到了梦寐以求的对于大自然对于生活的热爱。在被大城市的喧嚣与烦躁包裹的人们看来，那些场景多么像一泓清泉，沁人心脾。似乎在阅读文章的过程中，已经将自己置身于文章中那种悠闲平淡的生活之中。作家龙巧玲将记忆中每一个微小的动作，甚至人物脸上突然闪现过的一抹简简单单的表情，都赋予了极其美妙的含义。以至于许多场景都能在眼前活灵活现淋漓尽致地表现出来，这样的感觉，像极了坐在摇椅上，在群鸟啁啾中啜著一杯清雅的乌江清茶的无所事事的闲情雅致。这样的散文作品，是极其少有的。作家从行走的旅途中提取的素材，在她妙笔生花的文章里，时时刻刻都在为读者送去一些超脱于尘世之上的安静。

在我细细读完散文《一棵树》之后，内心深深地被作者描述的场景和娴熟的写作技巧所折服，这无疑让我眼前一亮。每一个字，每一句话，都凝练到了极致。或是寥寥数语简笔勾勒，或是缠缠绵绵娓娓道来。一种前所未有的清新感，浮现在眼前。"谷底不觉得。山上的风，呼呼的，天上的云也跑得快起来，一时一个样。太阳偏西，冷了，群山披着一点惨淡，一点金。风声一紧，蒿草、芨芨都晃起来，沙葱、杨胡子，只是略微摇头。大树动起来，哗啦哗啦的，听着，像翻书。久了，远近的山山峁峁，起伏错落，恍然就是一本开启的大书，天空是大部分的空白"。作家的语言并不华丽，但简单的词语后面隐藏的是作家思想的天马行空。我是在清晨读完这篇文章的，一束阳光从窗外缓缓散落在我的电脑旁，在依然苍翠的一株仙人球边，我陷入沉思。好的文章，就是能在读者读后，引起共鸣，深思。这一点，龙巧玲做到了，而且也让人感触到了她文章里面那无处不在的魅力！

在散文《黑河湿地》中，我被作者那大彻大悟的感念和细若游丝的情愫深深感动。这是一篇极其精致的散文作品。我看过许多作家写关于此类的文章，却总是寻找不到一种质的飞跃。更多的是千篇一律的描述。而在作家龙巧玲的这篇散文里，我却读到了一些从来没有思虑过的思想与感悟。作者在文章中，写出了以下的话语——"烟波浩渺，落日在遥远的祁连峰顶缓缓滑落，湖水在昏黄的霞辉洇染下梦幻迷离。我想，这黑水河畔，月氏的公主，黑水国的王妃，最爱美的阏氏，河水一定记住了她们美丽的容颜。那粼粼的波纹不是一弯一弯美人的笑么？叶子黄了，飘落下来，在湖水里打起一圈圈涟漪，时间的一声问候啊，落在2009年秋天，我的眼前"。当我读完这篇散文坐在椅子上假寐的时候，似乎一条销声匿迹的河流古道，从亘古向远处缓慢地延展，就像作者描述的那样安静、平和，一直走进时间的褶皱处。这种对于历史的眷恋，对于自然地思虑，尤为出彩。

而像这样神来之笔的写作手法，在作家龙巧玲的散文集中比比皆是，数不胜数。我又想到了时下兴起的大生态写作，作家龙巧玲的散文有许多相似的地方，又有更多的超越大生态写作的含义。作家龙巧玲无疑是游记散文界一朵奇葩，相信在不远的将来，她能带给我们更多的惊喜，带给我们更多的感触。在这里，预祝作家龙巧玲的散文集顺利出版！也祝愿，作家龙巧玲在接下来的散文创作中，能够百尺竿头更进一步，取得更大的辉煌。

祁翠花长篇小说《天山祭》创作纪实

祁翠花

《天山祭》是我创作的一部长篇小说，2013年12月由敦煌文艺出版社出版，全书上、下两卷，120万字。小说以风景如画的祁连山草原及其凄风苦雨的社会历史为背景，以旺堆与玛塔、芹儿、拉姆的爱情故事为线索，展现了祁连山草原少数民族的文化特色以及生活在那里的各族人民的奋斗历程，是一部祁连山草原最后的贵族的心灵变迁史，又是一部各族人民团结进步的奋斗史。小说弘扬民族精神、表述爱国情怀、展示时代进步思想，具有强烈的历史观、文化观。

从我朦胧记事起，家里就很尊敬地交往着两对年老的夫妻。我们称他们阿米(藏语爷爷)、阿姨(藏语奶奶)，八十多岁，那时走路已颇有些蹒跚。两位阿米头发、胡子花白，但还能跨上马背，着深色的氆氇边羊毛褐衫。两位阿姨，粗长的发辫在长袍的背项上垂着，没有多少白发，用羊毛围巾、红色的珊瑚珠、紫色的玛瑙坠、亮色的银片、洁白的海贝……装饰着，长而宽的蒙古族绸袍，从领口开始，斜斜排列着一排闪着光芒的银扣，精致的攀花，圆润的扣顶。她俩行走时手里各牵着一峰骆驼，摇着镶嵌着金银珠宝的小巧的转经轮，口里念着"唵嘛呢叭咪吽"六字真言。老人们用羊骨占卜，采山中一种野生的缨草涂指甲。圈滩里有十多只山羊，挤山羊奶喝。这两家老人给孩提时代的我无尽的神秘感。那时候，南山草原上很少有人养骆驼，而在我的家乡马蹄，简直就是稀罕物。马蹄的牧户，当时都放牧集体的羊群，不知为什么，那十几只山羊，却是他们两家的私有财产。两家老人和蔼得像菩萨，有着永远也讲不完的故事。父母对两家老人崇敬有加，家里的羊肉、炒面总让我们送去给他们，两家的阿姨烙的饼非常好吃，金黄、油亮，让我们吃时，还常常在里面夹一层奶油。他们家蒙古包中几样雕花的家具、几把锃亮的茶壶、许多古色调茶碗、几双包着银头的骨筷以及蒙古风味的灌肠，总让人百看不厌、百吃不腻。一家的阿米叫巴顿，青海大通河边的藏族，一家的阿米叫瓦玛，祖先是西藏雅隆河谷人，两位阿姨却是亲姐妹俩，我已不知道她们的名字了。四位老人没有生育，两家分别养着据说是在山外拣的年纪相仿的一个女儿，按藏习，都立了帐房杆子（藏族婚俗），招了婿。四十年前两对老人就已离世，却留给我一份难能可贵的文化记忆。父亲讲四位老人的故事，也是没完没了。 马蹄临松薤谷中有一个山湾，叫黄蕃湾，少年时候每次骑着转场的牦牛经过那里，我总要停一停，回味曾经发生在那里的故事，因为那里曾经居住的一对裕固族夫妇和他们祖先的事迹，也是四位老人讲给我的。那些故事让我穿越历史，追根溯源。我家一位沉默的邻居，做得一手精巧的木工活，人称"刘木匠"，时常被邀去小学校讲故事，原来他是位流落的红西路军战士，四川人。一位曾经在祁连山中办学堂的老人，寺院里一位满腹经纶后来罹难的活佛……祁连山中的故事真是太多，而我的父亲也是一位从青藏高原漂泊到祁连山草原的有故事的人。在故事中长大，我脑海里贮藏了太多他们关于家园、故土、游牧生活的悠悠情思。后来我读了书，识了字，梳理这些记忆时，我猛然发现，是祁连山养育了他们，这是一段民族发展的历史。我参加工作后，曾两次陪父母上过青藏高原，也曾多次朝拜过西部草原著名的佛寺，领略、感受高原、牧场、佛教文化，我走遍了祁连草原的山山水水，从阿尔金山脉到六盘山脉，绵延一千多千米的祁连山，给我深刻的感动与骄傲，我的情和爱，都凝练到了我对祁连山的膜拜中。作为祁连山的女儿，我深深地爱着这座父亲般的山脉。依偎在他松涛争鸣的臂弯里，我从少年时就产生着梦想，这种梦想是有根的，它深埋在我的心里，它很明确、很清晰，那就是要写一本书，一本厚厚的书，让很多人捧在手上读，读出祁连山的美丽、质朴、敦厚、浪漫……

十多年前，终于动笔，虽然之前对祁连草原有着那样深刻的爱恋，但要把他的精髓浓缩到一部小说里，还是需要一份勇气的。我晚上思索，白天写作，把自己的思想感情点点滴滴倾注到主人公身上，通过鲜活的人物形象塑造，我还原了辛亥革命前到20世纪40年代末生活在祁连南山草原上裕固、藏、蒙等民族和山下甘州城市中汉民族的生活风貌和民风民俗，我把小说定位为一部祁连山草原最后的贵族的心灵变迁史，一部各族人民团结进步的奋斗史来写。为了让小说更能反映那一时代人民的生活面貌，我几易其稿，追求自然、追求个性，把我的草原写得有血有肉。这一过程用去了我十多年的功夫，其间为还原祁连山历史风貌，研究较早时期的祁连山文化，我涉猎了祁连山的自然、文物、碑刻、军事、戏曲、名胜、物候等众多领域，同时对祁连山独特的生态文化、饮食文化、农耕文化、佛教文化、游牧文化、丝路文化、民族文化、边塞文化等文化形态，也逐一探索，才使小说的人物形象逐渐丰满，故事情节逐步完善。

对于一个从小喝惯了奶茶，吃惯了糌粑的牧民的女儿来说，牧场生活在我的心里是亲切温暖的生活。我对草原的感情是热烈执着的感情，祁连草原的美展现在我面前，就如他的厚重一样，我了解、熟悉这块土地上的山脉、河流……我的血管里流淌着祁连山的血液。这里的美千万次涤荡着我的灵魂，山野中原始、自然的意趣，深深根植于我的写作热情与激动之中。

古匈奴称天为"祁连"，故称祁连山为"天山"。在我的灵魂意识里，祁连山就是我顶礼膜拜的"天"。我用《天山祭》这一书名，来怀想、记录那个时代祖辈的生活，让祁连山的后代看见过去，看见历史。祁连山过去该有的，均已在作品中复苏，野花、牧草、激流、百兽、牧人的欲望、天性——应该还包括我对祁连大地的感情。我吸足山野的清新空气，用心祭拜，虔诚祈祷，把热望植入汪洋的文字之中。

在准备《天山祭》小说素材的后期，一场意外的车祸，夺去了我的左腿，我成了只有一条腿的文学爱好者了。带着残疾的身体写作虽然很辛苦，我写着，始终是发自内心的，我想表达的，是我对我的草原我的故乡的一种深深地敬意。祁连山的过去、现在是伟大的，将来必定也是自豪的。这里的人民不论是在过去艰苦的环境中，还是现在日新月异的发展中，始终保持着一颗高贵的心灵，始终保持着一种积极向上的姿态，他们对前景充满着梦想。为了写出他们的梦想，我曾那样热情洋溢地写着，有时候我被主人公的精神气质激励着，人物的命运吸引着，我常常有着与他们对话的强烈冲动，我不是站在21世纪的时间年轮上来与我的主人公交谈，我是站在19世纪末20世纪初的时光隧道上与我的主人公心灵相许的。

当我把自己所看到的，所听到的，加上自己的情感，通通附着于笔下人物时，我的身体就与他们的身体融为一体，我们同悲，我们同乐。书中故事的发展和人物的命运是必然的，强烈的爱之力量促使我真实地反映那时那地的生活，我敢于释放自己的思想，来丰满他们的容颜。

王忠民先生在序言里说："清末到新中国成立之前，西部祁连草原给人的印象是一个气象万千而又云遮雾罩的时代。祁连草原的广袤、浩瀚、深邃、渺茫、苍凉、嶙峋，养育了率真而又神秘的游牧民族，以小说样式来展示祁连山游牧民族，令无数人无所适从，就是这样一个使人产生无可判断的茫然、眩晕的时代，让作家巧妙的构思和独到的表述，拾得了遍地珍宝。"写好这一段历史，还原它、记录它，很不容易，它需要一定的知识储备和写作技巧，更需要我的写作热情和吃苦精神，我是愿意做这些事情的。我就那样写着。完成了将近两百万的文字任务后，我加工、修改、整理，现在献给大家的是一部120万字的东西，也许，作品还算不得是怎样的好作品，但正如我的老师张掖市宣传部的副部长多红斌先生说的那样："毕竟是做熟了一锅饭，香不香，只能是让《天山祭》与大家见面，请大家品尝，各抒己见。"

这么多年来，知道我在写这本书的师长和朋友们都给了我无限的支持与鼓励，特别是我的今年八十岁的婆婆和七十六岁的母亲，她们非常细心地照料我的饮食起居，每当我看见她俩满头银发在我的电脑旁熠熠生光时，我常常双眼含满了泪水，但我不能停下手中的笔，还有我亲爱的丈夫的默默奉献，我不能在这里一一道明，他说："你写作着，我快乐，你表扬你自己，你不要表扬一个写作以外的人。"我不再说什么，心里想啊，你才是写作以内的人呢！是的，关心和支持《天山祭》写作与出版的人们，都应该是写作以内的人，每一个人都是《天山祭》的娘家人，今天这个新娘子上了花轿，是你们养育的结果。

也许太过投入，也许太过专注，当我醒悟过来要回到当前的时候，我亲爱的丈夫为我做着端茶递水的服务已十多个年头，而我当初写成的几十万手稿他早已逐字逐句敲到了电脑上，我还有什么理由不热情写作呢？

初稿完成后，我邀省内几位小说家对我的作品进行批评指正，想不到他们给予了小说那样高的评价，认为这是一部草原版的《红楼梦》，当然我知道这里多一半的内涵是鼓励我写作的意思。小说的写作过程，得到了国内多位小说家的关注与指导，其中著名作家陈忠实、王宗仁都给予小说高度赞扬和充分肯定，他们分别为小说作了短评。同时得到了作家高建群的重视，他为小说作了序并题了图。

陈忠实先生评价说："《天山祭》热情讴歌了西部草原民族不屈不挠、英勇无畏的民族精神，生动地展示了西部草原义薄云天、豪爽正直的伟大灵魂。小说最令人瞩目的亮点，就在于它对历史真相的大胆还原和勇敢逼近，这是作家在描写草原历史故事时的可贵超越和贡献。"王宗仁先生评价说："走近《天山祭》如诗如画的草原风光，触摸主人公凄美隽永的爱情人生，一幅19世纪末以后70年间的祁连山草原游牧民族的生活画卷徐徐展开。天籁般的文字，蓝天白云一样明丽的草原情怀，厚重地将美好的人性欲念和草原生活的碎片连缀起来，使人在阅读之中深刻感悟遥远而独具特色的民族文化和那个风云变幻的时代。"著名作家、出版家王忠民说："作品中处处流淌着作家对祁连草原的一种神圣的崇拜。一个草原民族的后代，写这部小说，她想说的话就是想集中体现那个时代民族的强势生存精神。草原民族文明体系之所以能够绵延相续如大河奔涌，与祁连山及周边地区民众的勇敢奋斗和家园情感是分不开的。他们以或原始，或凄美，或豪迈，或婉约，或勇敢，或平凡的个人命运奏成了这部小说的交响乐。"高建群先生撰文说："阅读《天山祭》，祁连山草原那旖旎千里的自然风光、原生态的牧野生活、迎面走来的草原汉子和牧场少女、山间草原与山下古城交织展开的跌宕情节，无一不紧扣人的心弦。这样的环境，这样的人物完成了一个男人和五个女人的爱情故事。"

　　我是有自知之明的，写百万多字的长篇，对我来说毕竟是第一次。小说界众多前辈的意见让我受益匪浅。反复修改后，作品质量又提高到了一个档次。我的领导安秀梅部长说："小说很精彩，为你自豪。"小说出版后，得到了国内媒体的高度关注，《中国民族报》刊发题为《〈天山祭〉的写作精神与人文情怀》的文章，高度评价《天山祭》的艺术价值；《甘肃日报》发表高建群先生的文章《把礼赞献给万千生灵》，认为这是一部西部草原民族团结奋斗的史诗；《兰州日报》发表题为《碧波草原上的史诗巨篇》文章；《兰州铁道报》发表文章《祭山祭草祭故乡》高度评价小说在体现历史观、民族观方面所做的巨大贡献；《张掖日报》发表题为《祁连儿女的华彩颂歌》，认为该小说填补了祁连山文化研究的空白，具有人文情怀、史诗气质、里程碑意义。同时甘肃人民广播电台《960新闻故事》栏目对作者进行专访，播出长达一小时的节目，具体介绍了长篇小说《天山祭》的创作经历、创作意图以及小说出版后的影响；《张掖电视台》根据《天山祭》的内容和意义制作了专题片，在《人文张掖》栏目播出，肯定《天山祭》的艺术价值和社会价值。其他媒体、报刊杂志也多有宣传、报道。宣传部门为《天山祭》的出版发行召开了作品研讨会，专家学者纷纷发表自己对《天山祭》的看法、评价和思想研究，产生了一部分具有影响力的研究文章，如《凉州〈大漠祭〉甘州〈天山祭〉》《祁连山人文地理的复原与重构》《祁连山文化的典型代表》等。

写长篇的日子就是在这样的爱与被爱中度过的。

猴联撷英

钟立红

"羊随新风辞旧岁；猴节正气报新春"。2016年是农历丙申年，按十二生肖排列，属猴年。故此，采撷几则猴联，以飨读者。

明朝学士解缙幼时文思敏捷。一天他应邀赴宴，有一权臣当众讥笑他，出一上联曰："二猿断木深山中，小猴子也敢对锯（句）。"解缙便毫不客气地对下联道："一马陷足污泥内，老畜牲怎能出蹄（题）。"在座的人听了暗暗发笑，那位权臣也只得了个面红耳赤的结果。

有一新娘，才貌双全，新婚之夜，几个生员（秀才）来闹新房，本想捉弄她一番，谁知新娘一下子看穿他们的用意，便说："诸位都是才子，我出一联，对上了，请吃喜糖喜酒，对不上就请回，如何？"生员们说好，新娘便以门口正在舞狮为题，出了上联："弄子弄狮，一副假头皮，难充真兽。"弄子，指舞狮的人。众生员一听，抓抓头皮，一时对不上来。过了一会，新娘笑道："还是我对此下联吧。画师画狮，这等无心腹，枉作生猿（员）。""猿"与"员"同音，众生员被嘲讽得羞愧而散。

湖南善化县县令姓侯，长沙县县令姓朱，互相瞧不起，一天赴宴同桌，朱县令作联讥讽侯县令："园门不紧，跳出猴悟空，活妖怪怎能善化？"侯县令一听，火冒三丈，当即利用回敬酒的机会，同时回敬出下联："湘水横湍，浮来猪八戒，死畜牲流落长沙。"把朱县令骂得直翻白眼。

浙江省旅游胜地莫干山，新开辟了石雕十二生肖公园，进口处是一座石牌坊，左右立柱上刻着一副对联：子丑寅卯辰巳午未申酉戌亥；鼠牛虎兔龙蛇马羊猴鸡狗猪。横批：生生不息。以十二地支对十二属相，既为公园点明主题，又给人以查对生年肖属之便利，真是一幅奇特的对联。

两文友久别重逢，甲询问乙是否有了意中人，但不便直说，便出了一联："园中鲜花，蜜蜂几时可采。"乙对曰："画里佳果，猿猴百计难偷。"乙方是表白目前尚无意中人。

有人为黄山景点"猴子望太平"（即"猴子观海"，此海既指云海又为山旁太平湖）题联：弃弼马天宫，来云海黄山，莫问有多少花花果果；抬金睛火眼，望春风赤县，岂能无万年太太平平。有心的读者会发现此联无"猴"啊！是的，此联虽无"猴"字，却借《西游记》中美猴王曾受封天宫"弼马温"和悟空的锐眼而"猴"神，堪称妙绝，正所谓此联无"猴"胜有"猴"！

党的十八大以来，党中央铁腕反腐，重典保安，人们为之拍手称快。下述猴联自然是道出了人民的心声。

"金睛能识假；铁棒不容贪"。此联出自湖南联家陈惠群先生之手。

众所周知，孙悟空之所以威猛强悍、名震八方，一是得益于那双能洞穿一切的"火眼金睛"，一是得益于那根变幻无穷、力重千钧的"金箍铁棒"。陈先生正是紧紧抓住这两大亮点，稍加点化便成就了此联。纵观全联，言简意赅，联家正是巧借这"千钧猴力"，才将破假、反贪的主旨表现到了极致。

"天网追逃，金猴奋起千钧棒；铁拳打虎，玉宇澄清万里埃"。这是湖南桃源联家谢锡武先生题写的一副摘句联作。各位也许一看便知，此联第二分句是摘自毛泽东的《七律·和郭沫若》。此联中，联家借用一代伟人毛泽东的诗词名句，前后承接自然，全联浑然一体，既生动地表现了党中央反腐追逃的气势，也真实地反映了全国人民衷心拥护的共同心愿。

"泉下有鸡休造次；山中无虎乃称王"。此联出自北京联家王国松先生之手，全联无半个猴字，但却是一副标标准准的猴联。全联字数不多，却隐含了两条民间谚语。其中上联隐含的民谚是"杀鸡给猴看"，于是，这里的猴子自然不敢胡作非为；下联隐含的民谚是"山中无老虎，猴子称大王"，而此处的灵猴当然就胆大包天了。全联仅区区几字，就把猴子善于察言观色、长于投机取巧的狡猾特征勾勒了出来。正因为此联短小精悍，内涵丰富，所以在当年全国猴联大赛中一举夺得了金肖大奖。

文心藏趣抱雅归

——读杜文和《书斋清供》

丁桂兴

有人说，所谓的"文心藏趣"，其一是"文心"，其二是"藏趣"。何谓"文心"呢？就是"文人之心""文化之心"，最主要的是"文采"，笔端有了文采，书斋里自然就会有雅趣。我平时喜欢看古装戏，每当舞台上出现杨柳依依、绿水弯弯时，前面一个读书人缓缓而来，后面一个书童担着书箱，晃悠晃悠紧紧跟上，似乎是主仆二人上京赶考。如此沉甸甸的书担子，恐怕这个读书人也是"富二代"或"官二代"人家，想必书斋里应该是汗牛充栋了。

天津百花文艺出版社出过两辑"文心藏趣丛书"，这本书属于第二辑。第二辑共六本，分别是《书斋清供》《月河淘旧》《藏物觅珍》《杂图记趣》《物聚人散》《书画千秋》。《书斋清供》除了序和跋外，有56篇文章，谈及古砚、古墨、供石、笔筒、扇子、竹笛等书斋里的文玩器物。所谓的书斋清供，是书斋内放置在案头或挂在墙上的摆设，包括盆景、插花、时令水果、奇石、工艺品、古玩、精美文具等

等，可以为书斋增添生活情趣。

我曾读过汪曾祺先生的《岁朝清供》，写风俗、谈文化、忆旧闻、说掌故、寄乡情……品读汪曾祺的散文好像聆听一位学识渊深、和善慈祥的老者述古思幽。作者杜文和在《书斋清供》的跋中说："确实，书斋清供，仅是几案间的摆设，墙壁上的挂饰，或陈列或把玩，没有器重，以小雅为情趣，以养眼赏心为旨归。"两本书的侧重点不同，叙述的角度不同，但也有共性，都在谈雅好，说文化，品味雅俗之间，同在欣赏祖国悠久的历史。

古人读书颇为讲究，具体来说读书的地方是有品位的。追求功名的读书人除了有部分线装书外，总得有一间半屋的书斋，这是指富有的人家，有书房、书屋、书斋等，前庭后院中必置花卉、树木、假山、怪石之类。如果是穷书生或是隐士，也有草屋、草堂的称谓。皓首穷经之余，青灯黄卷之伴，把玩书斋案头的清供，门环多士，清风日月大行，席拥琴书，雅韵良音满室。

作者杜文和曾任《野草》《品位》杂志的主编、绍兴市文联副主席，现为中国作家协会会员、国家一级作家。他先后出版小说、散文集二十多部，影视剧本十余部。喜欢他的这本《书斋清供》，尽管我的案头并没有文人的那种雅趣，但赏读书中文字，感觉古朴有味，却欲罢不能。文人的书斋除了有笔墨纸砚、琴棋书画外，还有笔洗、笔筒、印章、印盒、供石、镇纸、砚屏、匾额、拂尘、团扇、铜壶、宝剑、紫砂壶等等，各式杂件繁多。他在全书娓娓写来，或叙述，或品味，或赏玩，介绍文玩知识的同时，也讲淘宝的经历，没有枯燥乏味的陈词，只有淡淡的素描，把文玩器物的来龙去脉讲得清清楚楚。

还是作者说得好："雅是一朵花，植根在温饱的土壤里，绽放在文人的心境里，也长驻在古人的书斋里。"随着现代生活水平的提高，当代文人的书斋案头也会置放一些雅玩之物，俗话说："乱世买黄金，盛世玩珍宝"，我们的书斋里也不需要太为清静，放些雅玩小物，可以调节生活中紧张的节奏，舒缓心灵上的烦躁，为闲适花些适当开销，也未尝不可。

第五辑　八声甘州

穿越千年的文化之旅

——为《甘州放歌》而歌

王开堂

　　翻看张玉林同志主编的《甘州放歌》，觉得如清风扑面、甘露润田。这两册装帧典雅、制作考究的集子，汇集了历代歌咏张掖的数百首诗词，呈现出张掖自然景观和人文景象的诗意表达。沿着这条蓬勃的文脉阅读，就像是一条穿越千年的文化之旅。

　　文化是一个地方的根本和魂魄。探寻一个城市的成长历程，实质上就是文化寻根的历程，也是历史认知的过程。诗词作为文人最具个性情感的传递媒介，状物抒情生动饱满，见闻感悟知微洞幽，更能让人获得真实的心理体验。历历往事、处处景物都在优美的诗言中彰目显形，意趣无穷。

　　按"诗"索"地"去品读这些诗词，大凡诗人笔锋触及的地方，那里似乎就多了一份让历史顾盼生辉的颜色，增添了几多引人入胜的魅力。焉支山在唐代诗人韦应物笔下成了文化的印记："胡马，胡马，远放焉支山下。跑沙跑雪独嘶，东望西望路迷。迷路，迷路，边草无穷日暮。"简约的文字，如同勾勒了一幅淡墨山水画，把焉支山下的景象描写得凄婉而迷人。"黑河如带向西来，河上边城自汉开。山近四时常见雪，地寒终岁不闻雷。牦牛互市番氓出，宛马临关汉使回。东望玉京将万里，云霄何处是蓬莱？"这是明代诗人郭登对甘州的抒怀，诗中典型的地域特色与边陲风情，让人顿时有了怀想历史的凭借。在清代张掖籍诗人张联元笔下，张掖的城郊"山光草色翠相连，万里云飞万里天。黎岭氛消兵气散，戍楼尘满月华妍。耕深健犊桃花雨，卧饱龙骊碧柳烟。羌笛无声边塞远，鸣蛙低伴水潺潺"。万象纷呈的张掖城北风光，像一幅悬于天地间的古画，千年之下依旧无比生动，人们踏春而行总是会感受到这份清新的诗意。近代诗人罗家伦、于右任所描述的张掖则更是名副其实的塞上江南了："不望祁连山顶雪，错把张掖认江南。"（罗家伦《五云楼远眺》）"转到甘州开口笑，错认江南。"（于右任《浪淘沙·乌岭雨阻》）这些优美的诗句，已是人们认识和感知张掖的文化名片。

上苍钟灵毓秀，赋予了河西走廊中段的张掖太多的美质秉性。南傍祁连，北依龙首，在两山之间，绿洲似锦，田畴如画，篱舍晨烟，生机盎然。由南至北，依次布局着森林雪峰、丘陵丹霞、平原绿洲、河流湿地、荒漠戈壁等多样性地貌，西北风光尽览无余。四季分明的温带大陆性气候，使张掖这颗塞上明珠更加璀璨奇艳。地处走廊十字路口的区位优势，可东望金城、西通新疆、南接青海、北达蒙古，是丝绸古道名副其实的历史重镇和河西地区重要的交通枢纽。千古黑河，把流域内灿烂的文化串成一条线，几千年的人文沉淀俯首可拾。探究历史渊源，最远可追溯到原始社会后期的新石器时代。考古推测，4000多年前，就有先民在这片土地上繁衍生息。公元前111年，汉武帝初设张掖郡，十六国时，北凉沮渠蒙逊曾建都于此，历经唐、西夏、元、明、清，每个王朝都将这里作为西北经济、文化、政治、军事的战略要地和外交活动中心。又有"大禹导弱水于合黎""周穆王西巡""张骞出使西域""霍去病西征""隋炀帝召开万国博览会""马可·波罗旅居甘州"等历史事件，更赋予这片土地神奇的魅力。大佛寺、木塔、西来寺、明粮仓、总兵府、甘泉、山西会馆、民勤会馆等诸多遗存，构成了历史文化名城的独特内蕴和绚丽画卷。"西被流沙神禹谟，合黎自古隶皇图。中原逐鹿遗丹岭，外触争蜗扰黑湖。龙首真源波汗漫，马蹄赝迹安模糊。举头今望长安近，日照花门尽坦途。"（周能珂《张掖怀古》）千秋往事，良辰美景，被表现得活灵活现。

历代文人墨客用诗歌记载见闻，追述历史，传达着一种文化存续的使命。"亡我祁连山，使我六畜不蕃息；没我焉支山，使我妇女无颜色。"（《匈奴歌》）"大漠孤烟直，长河落日圆。萧关逢候骑，都护在燕然。"（王维《使至塞上》）"戍客望边色，思归多苦颜。高楼当此夜，叹息未应闲。"（李白《关山月》）从这些诗作中，我们仿佛能听到匈奴失去河西家园后的凄然幽叹，仿佛能看到朝廷的使者伫立在秋风中的背影，仿佛能感触到边陲将士征战的孤寂与艰辛。累累诗词，让历史多了一份凝重，让后世的认识多了一份鲜活。一代代文人层叠的文化积淀，构织着一个地方弥久历新的文化星空，绵绵不断的艺术创造，在历史的长河中熠熠生辉。

穿越千古时空，前人创造的辉煌让我们自豪和感叹。

放眼时代发展，今人所抒发的情怀依旧令人感动。在新的历史时期，张掖大地上所发生的变化在当代诗人们的笔下同样精彩纷呈。既有"今朝复见容光焕，麦黍甜瓜万吨堆"（赵朴初《参观张掖大佛寺感赋》）的欣喜，也有"丝路古郡金张掖，昌盛繁荣藐汉唐"（周光汉《张掖新貌》）的兴叹；既有"最爱高杨傲戈壁，绿洲深处水清清"（胡绳《河西道上》）的欢歌，也有"魁星楼上叹沧桑，一望长河接八荒"（王洪德《秋望》）的体悟；既有"古时功业谁堪念，一瓣心香吊北凉"（王野苹《甘州古今吟》）的感怀，也有"将军百战埋黄土，正气千秋尚凛然"（袁第锐《倪家营吊四方面军战士》）的凭吊……人文历史如此璀璨，自然景观亦在他们笔下生辉："层峦亘古玉雕成，自抱冰心胆气横。问岳孰能情似此，千秋洒泪济苍生。"（王梦洲《祁连山》）"天赐祁连沛沛流，如霖若醴润芳洲。多姿多彩风华地，千里百饶爽气浮。"（张克复《黑河》）"甘州湿地好英姿，景色迷人令尔痴。宛如淑娴清秀女，闺房深锁有谁知。"（陈田贵《张掖湿地赞》）"瑶池宫阙几时修，满眼风光海市楼。欲问仙山何处觅，蓬莱仙境在甘州。"（李中峰《平山湖丹霞地貌》）这些佳品力作，或为时代而歌，反映新时期的变革；或为地方扬名，展示独特的地域文化；或为历史留韵，丰富着人们的精神家园。正是因为有了他们的点化，使得张掖的自然禀赋和人文积淀丰实而厚重，亲切而可感。

诗词格律，也许是最为中国化的艺术样式之一，更是延续中华历史文脉和民族情感的一条重要线索。张掖2000多年的历史传承，留下了众多的文化艺术瑰宝。当今诗人们追慕前贤，薪火相传，创造了切合时代节律的作品。《甘州放歌》对历代名家吟咏张掖的诗词予以系统整理成集，有着承前启后的重要意义。正如张健同志在序言中所说："《甘州放歌》是从历史长河中流淌下来的一支悠扬的田园曲，是从四面八方汇聚而来的千姿百态的'八声甘州'，是站在时代潮头高歌的华彩主题曲，是一部唱给这个伟大时代的动人赞歌。"

我们真应该为它而赞，为它而歌！

君为张掖近酒泉，我窜三巴九千里

——李白与张掖县令韦冰的交游

吴浩军

　　唐肃宗乾元二年（759），李白流放夜郎（今贵州梓桐）遇赦归来，在途经江夏（今湖北武昌）时，写了一首题为《江夏赠韦南陵冰》的乐府诗：

　　　　胡骄马惊沙尘起，胡雏饮马天津水。君为张掖近酒泉，我窜三巴九千里。天地再新法令宽，夜郎迁客带霜寒。西忆故人不可见，东风吹梦到长安。宁期此地忽相遇，惊喜茫如堕烟雾。玉箫金管喧四筵，苦心不得申长句。昨日绣衣倾绿樽，病如桃李竟何言？昔骑天子大宛马，今乘款段诸侯门。赖遇南平豁方寸，复兼夫子持清论。有似山开万里云，四望青天解人闷。人闷还心闷，苦辛长苦辛。愁来饮酒二千石，寒灰重暖生阳春。山公醉后能骑马，别是风流贤主人。头陀云月多僧气，山水何曾称人意？不然鸣笳按鼓戏沧流，呼取江南女儿歌棹讴。我且为君捶碎黄鹤楼，君亦为吾倒却鹦鹉洲。赤壁争雄如梦里，且须歌舞宽离忧。

　　奇特，从作者遇赦骤逢友人的惊喜如梦，写到在冷酷境遇中觉醒，而以觉醒后的悲愤作结，真实地反映出造成悲剧的时代特点。全诗写得回肠荡气，痛快淋漓，笔调豪放，个性突出，有着强烈的感情色彩。

　　诗书赠的对象"韦南陵冰"是什么人呢？中国李白研究

会原会长、南京师范大学郁贤皓教授在前人研究的基础上，根据《元和姓纂》和权德舆《左谏议大夫韦公（渠牟）诗集序》等传世史料及《韦渠牟墓志》，考证出韦冰乃韦景骏之子、韦述之弟、韦渠牟之父。据《韦渠牟墓志》记载，韦冰同他的父亲韦景骏一样，"同气齐名，皆以文学论著为贤卿大夫。而著作志气闳迈，落落有奇节"。由此可知，这个韦冰的气概风度与李白很接近，而且也擅长文学，李白自然是乐于与这样的人交游的。

从赠诗中可以看出，李白与韦冰早就相识。安史之乱爆发，到李白流放的时候，韦冰为张掖县令。"胡骄马惊沙尘起，胡雏饮马天津水。君为张掖近酒泉，我窜三巴九千里"。等到李白遇赦回来，对故人正切思念，竟意想不到地在江夏遇到了他，"西忆故人不可见，东风吹梦到长安。宁期此地忽相遇，惊喜茫如堕烟雾"。这时候，李白刚刚遇赦归来，在异乡又邂逅老友，自是惊喜交并，恍若梦寐。他在江夏与朋友们饮酒作乐，盘桓了好长一段时间。根据这首诗的记叙，当时与李白、韦冰同游的还有时任南平太守的族弟李之遥。"赖遇南平豁方寸，复兼夫子持清论"。他们在一起饮酒、骑马，豪情满怀，李白甚至发出了这样的豪言壮语："我且为君捶碎黄鹤楼，君亦为吾倒却鹦鹉洲。"足见当时他的豪兴不减当年。

这时的李白也许已经无意于追求功名和求仙问道，所以当他看到韦冰当时只有十一岁的儿子韦渠牟作的一首题为《铜雀台》的绝句，为他的才能感到吃惊，于是教他学习乐府诗的创作，把自己的专长传授给他。

李白这次遇到韦冰的时候，后者刚刚从张掖县令的任上调到南陵（今属安徽芜湖市管辖）任县令。中国李白研究会原会长、中国人民大学特聘教授薛天纬据《新唐书·选举志》"凡居官必四考"的记载推断,李白任张掖县令应在天宝十三载(754)至乾元元年(758)。《新唐书·地理志》记载,张掖为甘州属县,上县;南陵为宣州属县,望县。望县的地位略高于上县,所以韦冰由张掖县令改任南陵县令,可视为升转。

韦冰后来累官至著作郎兼苏州司马,卒于唐大历末。李白亲自教授过乐府诗的韦渠牟官做到了太常卿(正三品),但据《旧唐书》本传的记载,人品却不怎么样。他流传下来保存至今的诗作只有二十一首,"无论在思想性或艺术性方面都没有什么值得肯定的东西"(郁贤皓语)。如果李白地下有知,不知该怎样痛惜呢?

汉简有味颂张掖

黄岳年

20世纪30年代初，河西首批出土汉简一万余枚，轰动世界。尔后，新显学汉简学诞生。现存汉简的数量很多。说起来，当代汉简出土的地方不少，然而，大多又都和张掖有关。主要的原因，是因为很多汉简存在的地方，都是当时张掖督尉的辖区，这些简牍所讨论或安排、记录的事，当然是张掖郡的事。肩水金关所见国家一级文物西汉帛书"张掖督尉启信"，就是这一境况的明证。由此生发开来，说汉简学也是张掖学，也有道理。

按照李学勤的说法，过去的一个世纪，是甲骨学的世纪，我们正在经历着的这个世纪，是简牍学的世纪。那么汉简与张掖，也将是没有办法分开的。换言之，无论是谁的世纪，汉简之大部分都在河西走廊，而河西走廊之简牍文献，又多与张掖有关，因为那些地方都是汉代张掖郡的辖区。然而，简牍研究中的张掖元素却没有得到足够的重视，理由之一，就是缺少专门的著作。填补了这个空白的是纪向军《居延汉简中的张掖乡里及人物》。向军是公务员，公务员而埋首流沙坠简，难事也。

前几天，八十四岁的钟叔河先生寄来了一封信和一纸彩笺，彩笺手录知堂老人流沙坠简诗云：

琅玕珍重奉春君，绝塞荒寒寄此身。

竹简未村心未烂，千年谁为再招魂。

诗里说的事发生在1919年。汉代居延境内的戈壁沙漠里出土了一批竹简，内容大多是军政等事，其中有一封信云："奉谨以琅玕，致问春君，幸毋相忘。"意思是，随信送上玉佩一枚，问候春君，期望不要相忘。后人考证颇多，知堂和钟老是把信看作一份穿越千年的爱恋，琅玕是女子的腰饰，用青玉雕琢而成。钟老曾在文章里说，"在他（周作人）的七绝中这也是写得最好的一首，因为它传达出了超越时空的情感，也就是人性的永恒"。一片用十四个字热烈恳求"春君幸毋相忘"的情书，历经2000年的烈日严霜、飞沙走石，却仍能以美的形态和内涵，表现出那番血纷纷白刃也割断不了，如刀的风头也无法吹冷的感情，使得百代而下的我们的心亦不能不为之悸动，从中领受到一份伟大的美和庄严。"长沙近年新出土了一批吴简，因为偶然的机会也看到一些，却绝未发现有像致问春君这样有意思的。看来那时我们的长沙人即以鄙视浪漫注重实际，懒得隔上万千里来说什么'幸毋相忘'的空话，心思和笔墨都用在问候长官或者记明细账上了"。由于偏爱这一汉简，钟老对"我们的长沙人"也带上了责备的意味。

然则向军其有心人，招魂人欤？他是在呼唤张掖文明的光大吗？这汉简，或直接或曲折地反映了这个朝代是兴盛抑或败落，强大还是弱小，而河西简牍特别是张掖简牍的气派气场，无疑对向军具有莫大的吸引力。

任何社会，为了安定、繁荣、和平，普通的文化建设都非常重要，比如诗词，比如绘画，比如纯欣赏性的作品。社会文化遗存则是这一切最重要的生长点。理想社会是宽容的，兴趣和价值取向应也愈加丰富，更加多样，各种价值取向都有比较自由的生长空间，尤其是艺术，在审美上面要有更加丰富的样式。当更加丰富的价值取向出现的时候，社会就会变得更美好一些，或者说更深刻一些，而不是单纯的赶时髦，也不是单纯的装典雅。向军之作，亦当代文化建设之大贡献也。

所以真正有点眼光的领导人，肯定不会忽视这些问题。这也就是主政甘州的领导者为什么称许《居延汉简中的张掖乡里及人物》的主要原因。

西汉时期，张掖郡属地区的军事、政治活动很多，留有大量相关的汉简。东汉后期，这里大规模的军事活动停止，大量汉简被埋没在茫茫的大漠之中，近世重现，原是盛事。惜乎有关张掖的研究没有投入足够的劳动量，深入地展开来。现在，这些原始的记录文档通过纪向军的笔触呈现了当年张掖郡各县下辖之乡里、人物较为详尽的状态，这对于张掖文明的建设具有特别的意义。那些地名是意味深长的：安国里，宜水里，万年里，长乐里，博厚里……那些人物也是鲜活的：夏侯谭和原宪斗酒斗殴伤了肋骨，他抗敌机敏，为官"公廉"，鸣沙里徐谭多次立功，曾连续三年秋射成绩突出，阳朔七年七月后擢升……

展卷之际，天风浩浩，回望历史，大汉张掖的风情跃然纸上。

2015年1月20日，著名敦煌学家、兰州大学冯培红带着二十多人的研究团队西行张掖。冯门弟子、博士生王蕾译讲了日本学者关尾史郎的著作《高台研究的成果和意义——推进"高台学"》，引起反响。我国简牍学的发祥地张掖境内有学者谈一门新学问的建立，这是一份荣耀。从这个意义上来说，《居延汉简中的张掖乡里及人物》的出版，也是张掖的荣耀。

近年来，美国、英国、法国、德国、韩国、加拿大、比利时、匈牙利、挪威等国都有学者把精力投向我国出土简牍的研究，且成果不菲。国内香港中文大学、中国社会科学院、中国文物研究所也出了大批成果。每年都有多次有关简牍的重大国际学术会议在国内外召开。可惜的是在"中国简牍学"的发轫之地甘肃，简牍学的研究却显得冷清。拥有全国六分之五汉简的甘肃，研究汉简的机构和人数都显得少了。在我们正在经历着的"简牍学的世纪"里，张掖有一个纪向军，真的是难能可贵。出土简牍的地方，会以自己独特的古文化优势吸引海内外人士，带来当地学术文化的繁荣，也会直接或间接地推动地方经济的发展。

我甚至想，要是能有一个"张掖简牍研究中心"，就会给古城增添无尽的神韵。张掖郡是汉代简牍的"渊薮"，随着张掖文明的进一步弘传，参访者和专家学者来张掖凭吊古物，交流学术，寻根探源，汲取祖国优秀文化的有益滋养将成为常态。汉简研究将会作为人类文明的象征，深刻地影响人们的社会生活和精神面貌，也会使张掖成为国内外人士的向往之地。

他们活在"金张掖"记忆深处

龚建花

　　近日读到了由中共张掖市委党史研究室编写的《中共张掖党史人物》系列丛书，包括《王铭五》《黄梅英》《苗彪在张掖》《王定国在张掖》《汪锋与张掖》以及《黄埔军校的张掖学子》，观看了他们制作的《青年垦荒队之歌》《进藏英雄先遣连中的张掖人》《上海知青支援张掖建设纪实》纪念光盘。这些小册子和光盘，记述了在不同时期为党、为国家和民族发展做出突出贡献的张掖人及在张掖工作生活的杰出人物的事迹。他们为了中华民族的解放，为了新中国，为了争取自由、民主的生活以及张掖的建设、发展，面对种种困难、磨难，乐观向上，积极进取，英勇无畏，甚至牺牲生命。一页页的记述，带着我回到那个艰辛而又昂扬向上的年代。

　　"好男儿要有报国的宏图大志，我走了，你要好好照顾父母，自古忠孝难两全。你别难过，等将来我事业有成，国家强盛了，我一定回来接你，好好过日子，好好赡养父母。"看到王铭五对妻子的离别留言，我深深地被打动了。他非常清楚这次远离家门，一家老小全靠弱小的妻子苦苦支撑着，他内心肯定无比心疼与歉疚，然而国难当头，为了革命事业，为了民族的未来，他忍痛舍下家人，献出了包括生命在内的一切。王铭五作为张掖地区最早的共产党员，虽出生在富裕的地主家庭，但在校读书时，受"五四"新文化思想影响，毅然投笔从戎，参加了北伐战争。入党后，又参与宁都起义，还在中央苏区第四次反"围剿"中出色地完成党交给的任务。"壮志未酬身先死，祁连含泪铭忠魂"。看到这位年仅二十五岁，学识渊博，为革命事业呕心沥血的战士牺牲在敌人的炸弹之下，内心的沉重和惋惜汹涌而至。作为一个张掖人，我们为他的壮举感到自豪，他崇高的思想品质值得我们永远学习、怀念。

　　通过书册，我了解到出生于贫苦农民家庭，经历过旧社会压迫的劳动妇女黄梅英，年幼时曾在地主家做工，过着牛马不如的生活，遭受了许多苦难与折磨。在党的培养下，经过勤学苦练，她从目不识丁的文盲成了大家的学习模范、农民作家。"痛苦岁月一扫光，人民翻身感谢党。梅英提笔写文章，劳动妇女把作家当。"这首诗正是对黄梅英的精准描述。但她并不满足，不断制定更大的学习规划。她说过："我生存一天，要学习一天，决不辜负党对我的培养，为社会主义和共产主义奋斗到底。"在旧社会没有社会地位的黄梅英，新中国成立后积极参加社会主义建设，最终成为"全国先进工作者"。黄梅英的成长过程，从侧面反映出在新中国成长的过程中，广大人民群众物质文化生活的变迁，真切地表达了人民群众对党、对新中国的感激与热爱。她传给我们的更多的是那种做事不怕苦，不怕累，知难而上、持之以恒的精神。

　　在革命时期，需要为革命抛头颅、洒热血的仁人志士，而在新中国建设初期更需要鞠躬尽瘁、脚踏实地做实事的领导干部，苗彪就是其中的一位。1962年，苗彪同志调任张掖行署专员时，三年困难时期刚过，张掖疾病流行，社会治安混乱，各个领域正面临着严峻考验。正所谓受命于危难之时，一到任，苗彪便逐社走访，直接进村串户，了解灾情，体察民情。并帮助困难户渡过难关。在春播时节，他深入田间地头，与老乡同吃住，想尽各种办法，在严重干旱的时节，硬是播下了种子，长出了苗。老百姓称赞他心系农民，会干实事。度过了三年暂时困难时期，苗彪代表张掖专署提出了以"建设社会主义新农村"为主要奋斗目标的张掖第三个五年计划发展纲要。不幸的是，他的理想和才干正在实施和展现的时候，却被"文革"的血雨腥风吞没了。我们敬重他在祖国解放和建设时期的艰辛付出；敬仰他在政治运动中保护干部群众的勇气；更怀念他在工作生活中表现出的坚韧、乐观、一心为民的高贵品质。只是为他的英年早逝而惋惜。

还有革命老人王定国、党的好干部汪锋，以及人品贵重的张掖籍黄埔学子，那些进藏英雄先遣连中的张掖人，那些支援张掖建设的上海知青，都让人敬仰怀念。

细细品读这些杰出人物的事迹，不难发现，他们从小就有追求上进、积极进取之心，具有坚定的政治信仰。为了理想信念，他们吃尽苦头，历经磨难，抛头颅，洒热血，不惜牺牲生命。国家的解放与建设有他们的功劳，他们是张掖的骄傲，是新时期张掖人宝贵的精神财富。他们的事迹值得我们颂扬，他们的精神值得我们学习。

"金张掖"学者作家藏书家捐赠文库缘起

弱 水

法不孤起，仗缘乃兴。

2015年5月，全国读书年会在天津举行，各地爱书人欢聚一堂，研讨全民阅读。中国阅读学研究会会长徐雁向甘州图书馆建议，设立全国著名学者、作家、藏书家捐赠文库，暨金张掖学者作家藏书家捐赠文库。古甘州历史悠久，是张掖市政府驻地。甘州图书馆是张掖城区唯一的公共图书馆，始建于1956年，所藏为明清甘泉书院官书及以后延续官府图书，八千册古籍典藏使甘州图书馆成为大西北县级馆中为数不多的首批国家一级图书馆。弱水藏书，自古最佳。古甘州即金张掖的黑河之滨是天然典藏室。如与敦煌石室毗邻的居延汉简与帛书所存处，在西汉即为张掖郡辖区。大明北藏也就是张掖金经至今在

甘州保存完好，现已是人类文明瑰宝。贾植芳先生仙去，其遗书亦存张掖。陈思和诗纪其事云："黑水藏书本我愿，斋名伴读十余年。"

值此张掖市图书馆新馆落成、甘州图书馆即将全面迁入之际，响应贤者倡议，设立全国著名学者、作家、藏书家捐赠文库特藏，无疑是一大好事。桐城李国春语云，石室金匮，泽被后学，功在千秋。甘州图书馆历史虽久，但由于地处西部之西，藏书总量不足与新馆相称，社会捐赠，必将成为弥足珍贵的宝藏。仁者所捐佳册妥存后，收藏证亦当奉上。欢迎诸位方家方便时游历甘州，一览壮美山川。

谨此致谢！

生死相伴战友情

舒 眉

在甘肃省高台烈士陵园，曾有这样一位老人，从1965年到1985年，二十年如一日工作生活在陵园，把烈士陵园当成自己的家，与长眠在这里的革命先烈深情相伴。一直到生命的尽头，自己也永远地长眠在这里。他就是曾亲历过长征，参加过西征，身经百战的红西路军老战士符泽攀。

在高台烈士陵园的七千多个日夜，符泽攀精心为战友们整修陵墓，为陵园平整道路，修建住房，种植树木。这七千多个日夜，符泽攀接待了一批又一批前来悼念革命先烈的人们，一次又一次地向人们讲述红军长征中爬雪山过草地的事迹，一回又一回地追忆西路军的悲壮征程和大无畏的革命精神。了解符泽攀的人都说，他是把这种讲述和追忆当成了唱给死难战友的挽歌。他说，每当夜深人静时，在陵园能听到欢呼声和歌唱声，就像部队围着篝火，战友们在尽情欢唱！

符泽攀不是土生土长的高台人，但他对高台烈士陵园有着非同一般深厚绵长的情感。他的人生经历就像一个传奇故事，充满了曲折坎坷，但他心中有着坚定的信念和不屈的精神。

符泽攀是四川省宣汉县人，1937年元月，随红军部队组织沙河突围，遭到了敌人的猛烈攻击，人员都被打散了。带着伤病的符泽攀历尽艰辛冲出了突围，却与部队失散了。符泽攀孤身一人一直西行，他要去高台寻找自己的战友，寻找大部队，他要回到日思夜想的连队！一路上，符泽攀风餐露宿历经艰辛，好容易到了高台，却只能隐藏在高台北山煤矿，因为马匪正在疯狂地搜捕红军。符泽攀在挖煤工人的掩护下，一面挖煤，一面治伤。身体的伤痛他并不觉得难熬，使他痛心疾首的是从此与党组织和部队失去了联系，每一天，符泽攀心里都渴望着能找到党组织，回到大部队之中，回到自己的战友身边。

1937年5月，形势逐渐缓和，马家军对失散红军的搜捕不太紧了，符泽攀开始找党组织，他用挖煤挣下的一点钱作资本，办了些布匹日用杂货，在高台黑泉一带走乡串户当货郎，心里只有一个目的，那就是找到组织，回到部队！找了整整三年，却没有一点结果。符泽攀在高台羊达子与濮秀芳成家落了户，成了一名普通的高台老百姓。但在内心里，他还是把自己当成革命战士，始终没有放弃过找到组织的信念。

高台解放后，符泽攀重新参加了革命工作。1965年，符泽攀来到了高台烈士陵园，他把自己一直珍藏的一把海螺号，一条毛毯，一件羊皮夹袄，捐给了烈士陵园。他也成了牺牲战友的守墓人，他觉得到了烈士陵园，自己才算真正归队。

1986年，符泽攀永远地归队了！他回到了他的战友身旁，回到了他的队伍之中。他没有做出惊天动地的大事，没有担当什么高级职务，但他几十年如一日和自己牺牲的战友相依相伴不离不弃的事迹，和每一个红军战士的事迹一样，感人至深，流传至今。

艾黎与山丹培校

孙　瑾

　　抗日战争爆发的第二年，新西兰人路易·艾黎在中国开展"工合运动"，运动期间组建了山丹培黎学校。一个外国人，为何要在中国的西北小城组建学校呢？

　　那年春天，艾黎乘船来到了中国上海。上海的大街上，电线杆上到处悬挂着起义的中国工人或者共产党员的头颅。追捕的警车，拉着长长的警报在大街小巷穿梭。正在这时，一个中国工人与艾黎迎面走来，突然就在艾黎脸上吐了一口唾沫。艾黎一下子难过起来，但他没有责骂那个中国工人，而是选择了默默离开。但一路上他都在想这个问题，最后终于想明白了中国工人唾弃他是因为他长着高高的鼻子，而高鼻子是帝国主义的象征。帝国主义侵占了中国人民的家园，中国人民当然仇视高鼻子了。不久，艾黎当了一个工厂的督察长，由于工作关系深入了解了中国工人，就想有机会一定帮帮中国人民。

　　那时的中国，所有的体力劳动和机械操作，都是由穷苦的文盲农民和工人进行的。电工不懂电的常识，汽车司机不懂发动机原理，这样的无知，艾黎看在眼里急在心里，就想在合作社里开展短期培训来提高工人的素质和生产的效益。他想中国只有强大了，富有了，才有资本抗战，而技术，是一切之本。

　　可是开展培训就要办学，学校设在哪里合适呢？正当艾黎左思右想时，"双石铺"这个地名进入了他的大脑，那里有西北最大的机械生产合作社，小型水力发电站，艾黎觉得在双石铺办学再合适不过了，就把校名定为"双石铺培黎工艺学校"。

　　学校成立不久，国民党就瞄上了，形势对学校很不利，为此艾黎心情非常不快。这一年的春天，艾黎搭车外出散心，路过山丹时，不禁眼前一亮。煤、铁、陶瓷等矿到处都能看到，还有广阔的土地，几十座庙宇，空房等等。艾黎看在眼里喜在心里，像哥伦布发现新大陆一样，马上留下来进行实地考察。考察的结果使艾黎更加乐开了怀，不由感叹："山丹人民虽然很穷，但他们勤劳纯朴，能成为培黎人的朋友。"这样一掂量，艾黎就觉得山丹真是块风水宝地，应该把培黎学校迁过来。

　　山丹县城内有一座废弃的寺庙，艾黎就把他作为校址，又在附近租了几间房子作为学生的临时住地。到山丹时，正值圣诞节，晚上，艾黎和学生们一起吃着热馍馍，唱着圣诞歌，以晚会的形势庆祝乔迁新校。自此，山丹培黎工艺学校诞生了，后来，人们为了叫起来顺口，干脆就叫山丹培校了。

后 记

　　《张掖阅读》报创刊，读书园里又添了一棵新苗。这是值得珍惜的。张掖是历史文化名城，也是祖国版图上少有的戈壁绿洲。在这样一块神奇的土地上有一张读书报，是让人欣慰的。

　　2015年4月23日，"世界读书日"那天，这张小报纸面世了。钟叔河先生很高兴，他在电话中表达了由衷的喜悦。钟老还录出他喜欢的知堂名作寄来致贺："琅玕珍重奉春君，绝塞荒寒寄此身。竹简未枯心未烂，千年谁与再招魂。"当代中国书香社会建设的领军人物徐雁先生为报纸写下了题为《让金张掖插上书香的翅膀》的发刊词，让诞生过"大漠孤烟直，长河落日圆"名句的金张掖，因之增色。

　　《张掖阅读》报的创刊，引起了读书界的关注。天南地北，名家硕儒的书斋案头有《张掖阅读》报，普通的爱书人书桌上也有这张小报，这是我们的幸运，我们引以为荣。

　　这一本书是《张掖阅读》的文字的结集。《张掖阅读》会办下去，那么《甘州书声》也就有可能出版下去。徐雁老师有云：历史上的张掖"儒学焉，佛法焉，秦汉伎焉，西凉乐焉，遂为一代文化之地标"。"甘泉沃野，明月拂柳，于是'金张掖'而为'水甘州'，'塞下曲'亦作'江南调'矣。'甘州不干水池塘，凉州不凉米粮川'，'不望祁连山顶雪，错将张掖认江南'，诗人雅唱，至此极也"。"今喜见张掖书人千水数瓢，以天下读书人为友，亦招致天涯知音比邻无数"。（《风雅旧曾谙弁言》）

《张掖阅读》是书香甘州建设的产物。读书型城市的建设，需要从点点滴滴做起来，作为甘州区图书馆馆刊，《张掖阅读》报做了自己该做的事，做了自己能做的事。张掖的领导和朋友们给了这份报纸足够多的支持和关怀。没有古甘州厚重的文明滋养，就没有《张掖阅读》报的发生和发展。没有包括张掖在内的天南海北读书人的呵护，就没有这份看起来不起眼却书香味十足的小报的成长。作为《张掖阅读》文字荟萃的《甘州书声》的面世，其实正是一种印证。小报印证着书香甘州的名副其实，也反映着历史文化名城的今日阅读状态。

第十四届全国民间读书年会召开在即，编辑出版《甘州书声》，也是为这次张掖年会所做的献礼。五湖四海的朋友们在张掖见面的时候，"八声甘州"所在的地方，又见甘州书声，也该是有意思的事情。

甘州区图书馆同仁们为《张掖阅读》的创办做出了努力。没有大家的劳作，也就没有这份报纸，当然也就没有《甘州书声》的出版。这是要记住并感谢的。按照报纸编辑的体式，报纸上的编辑人员只是一部分。实际上，工作是大家都做了的。需要铭记的同事们，还有杨麦、李铁红、张阿宁、徐丹辉、管文玲、罗艳婷、朱婧、曹毅、李杉、陈学增、刘建玲、王霞、王统等。在这么好的一班同事们的共同努力中，我们的图书馆事业自然会欣欣向荣，而《甘州书声》的值得一读，也该是自然而然的。

书香社会的建成需要一个过程，这个过程是持久而漫长的，也是十分美好的。想到读书型城市将会在我们的努力中渐成规模，就会很开心。阅读就是约心，也是在与未来相约，只要心在向上，读书不停，"让金张掖插上书香的翅膀"的美好愿景就一定能实现。

黄岳年

2016年1月31日